听涛文稿

刘克定 著

上海三联书店

自　序

我常自嘲"失足"，文革后决心不再弄墨，没想到，那以后又重为冯妇，仍酱在文字的泥淖，不能自拔。想当年，一点"餘热"也没有，入土为安，还能享受"昭雪"，待遇多好！偏要看重那点连一盅水都烧不开的"餘热"，正应了净土法门"唯心所现，唯识所变"，岂非自找耶？

但想想鲁迅先生，写成《朝花夕拾》，是一九二六年，他也才四十六岁，他把童年故事记下来，整理集成一册，谓之"夕拾"，现在来看他，这个"夕"未免早了点。但按"人到七十古来稀"的老谱，到四十多岁，已经算是过半了。加上他又患有肺结核，那时死亡率很高的一种病，瘦骨嶙峋，文坛称为"老头子"，这个"夕拾"，难道不算是他的"餘热"？

我负枷到了南方,唯一的行头就是一箱子读书笔记,一个背包,住在工棚里,与年轻编辑挤住在一起,自己也感到年轻了许多。但重要的是充电,对胡适、傅斯年、朱光潜、陈寅恪文学论稿,抓紧再作些研究,——文革十年,耽误的时间太多了,我总是以"蘧伯玉年五十而知四十九年非"自勉,在有生之年,学问上多多计较自己,检讨自己,也算是一种"夕拾"吧。

人说"要发财到广东",在广东的文章家那么多,秦牧、老烈、黄秋耘、章明、江励夫、鄢烈山……却不曾有一个是腰缠万贯的,我琢磨先人这话,可能说的是到广东做官。

早些年,承几位朋友支持,组稿出一套杂文丛书,都编好了,送到某出版社策划部,就被否了,原因倒不是杂文不好,而是说杂文不好销,没有经济效益,什么书好销呢?不说也明白,这就是文人到广东"发财"的难处之一。左思写《三都赋》,一时间洛阳纸贵,当时发财的可能是纸商,而非左思。互相用纸抄写一通,作者左思其实分文未进,"牛逼"只是传说而已。

真正的价值,在于"得失寸心知"。边缘(edge)也好,打工爷(An old worker)也罢,花非花,雾非雾,心能转物,即同如来。既已"失足",便著文章自娱,忘怀得失,聊以卒岁而无营,朝花夕拾,而已而已,"无怀氏之民欤?葛天氏之民欤?"

2017年1月8日

目 录

亦文亦史

春夕诗话 …………………………… 3
钟馗散说 …………………………… 18
 附：周定一先生来信 …………… 22
   陈福康先生《钟馗在日本》……… 25
秦人洞怀古 ………………………… 29
秦"砖"汉"瓦"摭谈 ……………… 34
太像不是艺 ………………………… 42
文艺批评古道犹存 ………………… 48
从"求贤诏"想到 ………………… 56
 附：黄一龙先生《不举贤怎么办》…… 59
病榻上说文谈史 ——忆宋振庭老师 …… 62

附：宋振庭、夏衍通信 …………………… 67
响当当的铜豌豆
　　——关汉卿与元杂剧 …………………… 73
"曲水流觞"之我见 ………………………… 79
不能玷污的玉爵 …………………………… 83
学笔三谈 …………………………………… 87
司马相如的"身价" ………………………… 91
灯下草二题 ………………………………… 95
乾陵一瞥 …………………………………… 99
合时宜与"不合时宜" ……………………… 103
"叮叮当当海棠花"
　　——略谈戏谚与戏谣 …………………… 107
荆公何以归隐 ……………………………… 114
断想三则 …………………………………… 117
粥香可爱贫方觉 …………………………… 122
"狗不咬"乡长 ……………………………… 125
弄臣 ………………………………………… 129
"座次学"与"冷板凳" ……………………… 133
"当时枉杀毛延寿" ………………………… 136
"五合章"传奇 ……………………………… 139
人生识字糊涂始 …………………………… 145
杜周的"诺诺" ……………………………… 149
讲点"名分" ………………………………… 153

"规矩"…………………………… 156

丛林法则…………………………… 160

猴年说"西游"…………………… 165

故井未涸…………………………… 171

邂逅小站…………………………… 175

忽庄忽谐

壶中日月…………………………… 183

"牛贩子"春秋…………………… 186

宁乡补伞匠………………………… 191

"唱"销糖…………………………… 194

李夫人做戏………………………… 197

"心病"…………………………… 201

孔子卒因一议……………………… 205

王羲之"服食"考………………… 209

官道难矣…………………………… 212

说说"开光"的执法车…………… 217

设个"提醒办"?………………… 220

闻"谁叫他救我"有感…………… 223

书法展留言………………………… 226

"一台菩萨一人耍"……………… 229

胡适写民歌………………………… 234

山乡小径几道弯…………………………………… 237
袁隆平的梦………………………………………… 241

如切如磋

"美"二题…………………………………………… 247
辞书的"雅量"……………………………………… 254
"名"之思…………………………………………… 259
文洁若是一本书
　——《澜沧江畔一对菩提树》编后语………… 263
苦味的散文
　——读刘绪源《解读周作人》………………… 272
朱大路在路上
　——读朱大路《乡音的色彩》………………… 276
惊鸿一瞥——一个国家级的命题
　——秦颖《貌相集》读后感…………………… 280
"私小说"…………………………………………… 284
哑口而雄辩的沉思
　——写在《黄药眠评传》出版之时…………… 289

跋…………………………………………………… 295

亦文亦史

春夕诗话

《论语·阳货》:"诗可以兴,可以观,可以群,可以怨。"说明中国古诗词,有着强大的社会功能。杜甫说:"天意君须会,人间要好诗。"中国的文化传统,决定了诗的社会地位,从民歌、民谣、诗经到乐府、唐诗宋词,广及宗教祭祀、外交往来、礼仪道德、生活教育、生产劳动、风物建筑等等领域。闻一多先生说:"诗似乎没有在第二个国度里,像它在这里发挥过的那样大的社会功能。"因有所感,谈几点心得。

"近乡情怯"

贺知章回家一趟,得诗一首,乡情真挚,流传千年:"少小离家老大回,乡音无改鬓毛衰。"

"鬓毛衰",大概已经八十多了。壮岁离开老家,五十年后回来,还是一口的家乡话,真是一方山水养一方人!眷念故土是游子的乡愁,而乡音是游子的心曲,一听到乡音,距离就一下子拉近了。村童问贺知章:"您是从哪里来的,我怎么不认识你呀?"假如贺知章乡音已改,就会答错"问卷",对不上乡情的"密码"。

韦庄的"未老莫还乡,还乡须断肠",与宋之问的"岭外音书断,经冬复历春。近乡情更怯,不敢问来人。"几乎是同一种心情,思念到极处,便产生返生心理。

陶渊明"少无适俗韵,性本爱丘山",辞官归隐,桑麻为业,他的田园诗,岂独田园而已。虽然曾误落尘网,仍然有一怀洁志,正如鲁迅所说:"这'猛志固常在'和'悠然见南山'的是一个人,倘有取舍,即非全人,再加抑扬,更离真实。"(《〈题未定〉草》)。他留给我们的诗句,至今读来,仍如面其人,其君子不器之志,仍作铮铮之声。

贺先生回乡看看,走走,因为家乡有太多值得眷念的东西,山水、房屋、田野……"一声河满子,双泪落君前",唯有一声乡音,能使鬓发斑白的游子油然动情。

有人说,乡音是地域文化的名片,这话值得玩味。我看过许多名片,一张小纸片儿,印着很多字,有职称、职务、各种组织头衔、甚至什么级别等等,五花八门,和盘托出,而我觉得真正的"名片",是最简单而又最纯净、最厚重的乡音,"老乡见老乡,两眼泪汪汪",比名片更亲切的,要算乡音。沧海桑田,很多事情都可以改变,唯乡音依旧是乡音,一代一代,不改其宗。无论走到哪里,一听乡音,就知道君从何处来。

三十多年前,我回过一趟老家,刚下洞庭湖,离老家还远着呢,乡音就扑面而来。船舱里,一群憨厚质朴的长者,一边抽着叶子烟,一边谈化肥、谈种子、谈庄稼……语音铿锵,抑扬顿挫,又不失温润亲切,我听着这地道的乡音,是那样熟悉和温馨,眼眶不禁湿润了。

现在,各地都有不同的变化,家乡小县城已经成了通都大邑,商业中心,旅游景点。一眼望去,全是新的建筑。老屋已被征收,住老屋的亲戚,早已砌了新屋,两层楼,楼上楼下,共有六七间,一家人到齐,有满满两三桌人。满桌的酒肉,满桌的乡音,最是令人陶醉!

街上的店铺,天一黑就打烊,一打烊就响成一片,因为全是铝合金卷闸门。这与温柔的乡音,显得不很协调。亲戚说,不久就会"改革",换成自动开关的玻璃门,真好!亲戚的思想真是新潮啊。

不变的地域文化,实际上是中华民族不同地域的精神财富,车尔尼雪夫斯基说"一个民族最重要的资本,就是人民的精神品质",保持这个民族的精神质量,是国家强盛不衰的保证。我想,这个认识,多少年后,会有更多的事实来说明。

贺知章写过很多诗,意境和情怀都很了得!如"主人不相识,偶坐为林泉。莫谩愁沽酒,囊中自有钱。"(《题袁氏别业》)平和冲淡,信手拈来,过目难忘,情景如在眼前。

厉鹗的"相见亦无事,不来忽忆君",李商隐的"相见时难别亦难",这人与人之间的情感,千年后的今天,仍像一团团火苗,赤诚腾跃,不曾熄灭。古诗作所蕴藏的不同情感,在字里行间跳荡,温度尚存。

再看北宋陈师道《春怀示邻里》:"断墙著雨蜗成字,老屋无僧燕作家。剩欲出门追语笑,却嫌归鬓著尘沙。风翻珠网开三面,雷动蜂窠趁两衙。屡失南邻春事约,只今容有未开花。"此诗情感深细,意境新奇。作者对居屋荒芜的描写,不随俗流。对前途失望,以读书、悠游排遣寂寞和忧郁,诗中表达他不能应邻里之约一起去赏春的歉疚,而今年又只好以"尚未开花"为借口了。这种因失望、忧郁,欲往而却的心情,对邻居的抱憾的表达,含蓄细致,好到极处。

苏东坡因"乌台诗案"遭贬,在乌鸦聒噪声中,离开京城,被下放到杭州、海南,也有史料说他在广东惠州任过知州。"心似已灰之木,身如不系之舟。问汝平生功业,黄州惠州儋州",他在《江城子·乙卯正月二十日夜记梦》写到怀念妻子:"十年生死两茫茫,不思量,自难忘。千里孤坟,无处话凄凉。纵使相逢应不识,尘满面,鬓如霜。夜来幽梦忽还乡,小轩窗,正梳妆。相顾无言,惟有泪千行。料得年年肠断处:明月夜,短松冈。"夜里梦见她回来了,正在窗前梳妆呢,"相顾无言,惟有泪千行",读到此处,谁不含泪动容?结发之情,能毋梦魂牵绕?如此情结,现在仍能体会得到!

郑振铎先生曾说:"荷马的《伊利亚特》与《亚特赛》,庄周的《秋水》、《天运》,屈原、宋玉的词,莎士比亚的戏曲,陶潜、李白的诗,伊索、拉芳登(la fontain)的寓言,曹雪芹、托尔斯泰、莫泊桑、柴霍甫斯基的小说,几曾因时代的变迁而丧失他们的真价的一丝一毫呢!'袅袅兮秋风,洞庭波兮木叶下',谁能辨得出他是二千余年前的人所说的话呢?'帘外雨潺潺,春意阑珊,罗衾不耐五更寒',又谁能辨得出不是千年后的读者所想像而欲说出的话呢？所谓'新'与'旧'的话，并不用为评估文艺的本身的价值，乃用为指明文艺的正路的路牌。"(《新与旧》)难道不是吗？

"躬耕乐事"

劳者歌其事。诗经里的《采薇》等等篇章，都是歌唱劳动和耕作的诗篇。更早的《击壤歌》，也是歌唱劳作的诗歌：

> "日出而作，日入而息。凿井而饮，耕田而食。帝力于我何有哉？"

诗中说：太阳出来，就出门辛勤地耕作，太阳落山了，便回家去休息，凿井取水可以解渴，在田里劳作，就可以过上自给自足的生活。这样的生活多么惬意，就是帝王也不如我喽！

这是一首淳朴的民谣。据《帝王世纪》记载："帝尧之世，天下大和，百姓无事。有八九十老人，击壤而歌。"老人手执一根木棍（或竹片），一边敲打地面，一边唱歌，所以叫击壤歌。

《击壤歌》也许是中国歌曲之祖。清人沈德潜《古诗源》注释说："帝尧以前，近于荒渺。虽有《皇娥》、《白帝》二歌，系王嘉伪撰，其事近证。故以《击壤歌》为始。"

有一首写耕作的诗："手把青秧插满田，低头便见水中天。六根清净方为道，退步原来是向前。"据说此诗是布袋和尚所写。说明古诗词已融入宗教祭祀，另一方面也说明农耕生活广盖中国社会。

佛教的行持、说法、普请，这普请即是劳动，百丈山清规就有"一日不作，一日不食"的规定，有不少方外诗歌，记录劳动情景：

"莫道居山事寂寥，山居无事不逍遥。松盘竹干随悬锡，石顶岩窝好放瓢。倦松白云眠洞口，闲移紫芋种山腰。虎爬泉涌当门碧，不用开池洗药苗。"

(清・弥嵩《南岳山居》)

布袋和尚和弥嵩的诗，反映了佛门耕种生活，也证明中国古诗词很早融入佛教文化。严羽说："大抵禅道惟在妙悟，诗道亦在妙悟。"他找到了共同点。(《沧浪诗话・诗辨》)除农耕野夫的吟唱之外，禅门的耕作和行持，入诗也是很不少的——

"荆楚腊将残,江湖苍莽间,孤舟载高兴,千里向名山。

雪浪来无定,风帆去是闲。石桥僧问我,应寄岳茶还。"

(唐·玄泰《送人游南岳》)

"感时花溅泪"

"酒盏酌来须满满,花枝看即落纷纷。莫言三十是年少,百岁三分已一分。"

(白居易《花下自劝酒》)

"日落狐狸眠冢上,夜归儿女笑灯前。人生有酒须当醉,一滴何曾到九泉?"

(高翥《清明日对酒》)

白居易花下自劝酒,有点倒计时的味道,感叹人生百年,韶华易逝,有一种紧迫感,总之还是积极向上。而高翥就有点有酒须当醉,死了就喝不到了的叹息,使人很自然想起魏晋诗人刘伶,要求死后埋在酒厂,头要朝着酒缸。

现在农村祭奠亡者,道士还唱着高翥这首诗,好像是为亡者惋惜:以后没有酒喝了。

"昔闻洞庭水,今上岳阳楼。吴楚东南坼,乾坤日夜浮。

亲朋无一字,老病有孤舟。戎马关山北,凭轩涕泗流。"

(杜甫《登岳阳楼》)

"夜饮东坡醒复醉,归来仿佛三更。家童鼻息已雷鸣。敲门都不应,倚杖听江声。

长恨此身非我有,何时忘却营营?夜阑风静縠纹平。小舟从此逝,江海寄余生。"

(苏轼《临江仙》)

杜甫一生不得志,空有政治抱负,郁郁一生,他的感时之作,落寞,甚至感伤流泪,真是长歌以当哭,远望以当归。而苏东坡的坎坷稍有不同,宦海沉浮,贬谪无常,所以一开始就写道"世事一场大梦,人生几度新凉。"他生于一○三六年,卒于一一○一年,终年六十五岁,他的感时之作,自然来得深刻而低沉、哀婉,充满了对人生深沉喟叹。

又如孟襄阳《岁暮归南山》:

"北阙休上书,南山归敝庐。不才明主弃,多病故人疏。白发催年老,青阳逼岁除。

永怀愁不寐,松月夜窗虚。"

说是感时,莫如说是发闷气,把自己数落一通,埋怨仕途不顺,有意见不表露,藏在心里。

当然也有思想达观,自省的,如韦应物的《寄李儋元锡》:

"去年花里逢君别,今日花开已一年。世事茫茫难自料,春愁黯黯独成眠。

身多疾病思田里,邑有流亡愧俸钱。闻道欲来相问讯,西楼望月几回圆。"

这首诗表现了一位清廉正直的封建官员的思想矛盾和苦闷,诗中说:我这样身体不好,时常想回到乡下老家去,这样拿着俸禄,不能干事,呆在城里,很觉得惭愧。在封建社会,有这样的境界,是不简单的,自宋代以来,备受赞扬。

"称诗喻志"

《汉书·艺文志》:"古者诸侯卿大夫,交接邻国以微言相感,当揖让之时,必称诗以喻其志,盖以别贤不肖而观盛衰。"

微言,即精微妙要的语言。关于赋诗言志,先秦文献如《左传》《国语》等有不少记载。以诗言志,只是赋诗,而非作诗,所赋的诗句,大都是诗经里的作品,用这些诗句,隐喻所要表达的意思,看似吟诗,实际上是思想的交锋。所以孔子说不作诗,无以言,在那种礼仪场合,对诗的内容,要有深刻理解,不能乱赋,否则就很丢面子。

《左传》文公十三年,鲁文公归国途中遇到郑伯,郑伯想请鲁文公代为向晋国表示,愿意重新归顺于晋。鲁文公先拒绝,后又同意,双方反复交涉,全凭赋诗。

在酒宴上,郑国卿相子家先赋《诗经·小雅·鸿雁》:"之子于征,劬劳于野。爰及矜人,哀此鳏寡。"意思是说郑国弱小,希望得到鲁文公的帮助。

鲁卿季文子则赋《小雅·四月》:"四月维夏,六月徂暑。先祖匪人,胡宁忍予?"语气推诿,意思是我将要去祭祀先祖,此行不会去晋国,这个忙可能一时帮不到。子家于是又赋《鄘风·载驰》,其中有两句:"控于大邦,谁因谁极",意即我所以求归于晋,是因为看重鲁国的面子啊!文子听了,又赋《小雅·采薇》:"戎车既驾,四牡业业。岂敢定居,一月三捷。"意思是说:"那么我去祭祀,就不留宿,祈后而复至晋,帮你们把这事办妥。"郑卿子家纳头便拜，公答拜。

又如，《襄公·二十六年》，晋国趁卫献公赴盟之时，拘禁了卫献公，事情闹得很大。为此齐景公和郑简公二人一同前往晋国，为卫献公说情。齐景公和郑简公的陪同大夫机敏地利用晋平公在宴会上吟诵《诗经》的时机，也以赋诗委婉、含蓄地表达渴望事件得到圆满解决的愿望。他们一边饮酒，一边赋诗，平和地解决了拘禁卫献公这一事件。

这种称诗以喻其志的外交方式，谋求邦交正常化，具有中国特色。即使古老的丝绸之路上，也有古诗词文化遗产的足迹。"李杜文章在，光焰万丈长"这样的诗句，已为很多外国朋友所吟诵。

"匡说诗，解人颐"

童谣："无说诗，匡鼎来。匡说诗，解人颐。"

匡鼎即匡衡。勤奋好学，对古诗词很下工夫。童谣说，没人讲解诗词，就请匡衡来，匡衡讲解诗词，妙趣横生，使人听得津津有味，很让人兴奋。

解人颐，是讲解的艺术，对诗的理解很深透，就能讲解得生动、妙趣横生，使听课的人觉得很有趣味。

传说苏轼与妹妹以诗互相戏谑,苏妹深目长脸,苏轼作诗曰:

"未出堂前三五步,额头先到画堂前;几回拭泪深难到,留得汪汪两道泉。"

苏小妹就怕人说她短处,嘻嘻一笑,抓住苏轼不修边幅,胡子拉碴,当即反唇相讥:

"一丛衰草出唇间,须髪连鬓耳杳然;口角几回无觅处,忽闻毛里有声传。"

几句诗一夸张,逗得苏轼大笑,满脸络腮胡须像开了花。苏小妹额头凸出,眼窝陷凹,兄妹二人都有特点,应该是不够漂亮,但实际长相怎样,并不能知,传闻而已,也是诗可解颐的佳话。

还有一种解颐,就是给自己解颐,也叫自解颐。

宋朝的范成大,年轻时很快乐,但晚年生病了,体力不济,他在诗里自况:"乐天渐老欲谋欢,大似蒸沙不作团。已觉笙歌无暖热,仍嫌风月太清寒。气衰况复衰而竭,心赏尤了四者难。"他说自己虽渐渐老了,还想要找回快乐的春天,但身体不行,像沙了一样怎么蒸它也不会成团了。歌曲听起来也没什么味道了,风月又是那样冷清。气也衰竭,四肢也不听使唤,感到力不从心了。但是邻居却邀请他去聚会,去还是不去呢?他很乐观,说:"却恐人嫌情太薄,聊将花作雾中看。"体力不好,权当雾里看花吧!不也是一番清雅的享受吗!对生活这样达观,热爱,真是不信春天唤不回!

清人汪士慎,左眼失明,还作画,写诗曰:"隐几宜睛画,挥毫仗小明。"到六十七岁,连一点小明也没有了,几乎完全失明了,他又琢磨写狂草,也是个乐天派。

目不见五色,却可找到恬静,懂得心灵的沟通比什么都可贵,懂得生命原本可以有不同的方式焕发春的生机。

疾病、灾难、失意、贫穷……可以使我们感受到冬天的寒冷,但春天并没有远离我们而去,你用信心可以去找回它。

我们有一双健全的眼睛,可以看得到的,都看到了。看到了春的绚丽,夏的火热,秋的落叶,冬的寒林;看到了人生美好的娇容,也看到死亡的哀愁……从这些所见,可以得到激励启发,但也可能使自己在人生的短途趔趄不前,甚至过早地衰落,进入生命的冬天。

莎士比亚说得好:你是你母亲的镜子,她从你身上看到了自己的芳菲三月天。

艾青也说:季节是忠诚的,春天到了,连枯树也会发芽,连篱笆也会开花。

这是诗给我们的快乐、信心。

由此想到,我们应该有自己的诗心,诗骨,诗魂,人的头脑,不应该只是一个收纳他人思想的口袋,应该是一个可以点燃的火炬,千千万万的火炬,延续千年万年,该是多么壮丽的人文史!

尼采的名言:有些不朽的篇章是纯粹的眼泪。而清人袁枚用诗写得更为透彻:

"倚马休夸速藻佳,相如终竟压邹枚。物须见少方为贵,诗到能迟转是才。清角声高非易奏,优昙花好不轻开。须知极乐神仙境,修炼多从苦处来。"

他认为写诗要吃苦,写诗的本领,也要靠修炼,这种得意诗句,是要花代价的。

用顾嗣立的话说,是"一生失意之诗,千古得意之句。"(《寒厅诗话》)钱锺书说,用一生的失意,换来"得意"诗一联,代价未免太大,不是每一个诗人都愿意付出的。

2017 年 3 月 20 日雨水

钟馗散说

蒲松龄写《聊斋志异》，是假托狐鬼，"以抒孤愤而谂识者"。在文章憎命的古代，用这种志异的手法写小说，是很常见的，并不是蒲老先生的发明。这位屡试不中，"一生遭尽揶揄笑"的作家，对封建社会里的知识分子的际遇和痛苦十分了解，也深有体会，画鬼描神，托物言志，使得这部作品具有神奇的魅力。

最近重读烟霞散人的《钟馗斩鬼传》，也是写鬼的，但不同的是，鬼中还有打鬼杀鬼的"英雄"，这"英雄"便是钟馗。

关于钟馗，可谓传说纷纭。沈括《梦溪笔谈》记载：唐明皇病中梦见一大鬼捉住一小鬼，抠目而啖之，自称是不第的武举钟馗，誓除天下妖孽。唐明皇醒后，病也好了。于是召见吴道子，授意作钟馗像：赤足袒臂，目睹蝙蝠，手持宝剑，捉一小鬼，以此批告天下，共庆太平。也有资料说钟馗确有其人，是个秀才，在湖南鄜县当过县知事，办过许多好事。但因为相貌丑陋，进京赶考虽然名列榜首，未得到录用，一气之下，以头触柱而死。死后到阴间，被阎王封为"打鬼英雄"。

在《钟馗斩鬼传》里，说法有些不同：钟馗字正南，陕西秦岭人，才华出众，但相貌丑陋。唐德宗当政时，钟馗进京应试，考中头名状元，但德宗皇帝听信卢杞的逸言，以貌取人，欲将钟馗逐出龙庭。钟馗气短，自刎而死，到地府后当了"驱魔大神"。两说身世一样，惟籍贯不同。当然也还有其他不同的说法。中国的民间传说，有一个共同的特点，就是版本很多而情节大致相同。

《斩鬼传》说，钟馗到了阴曹地府后，受到阎君的接见。阎君把一批"难治之鬼"的花名册交给钟馗，说："此等鬼最难处治，欲行之以法制，彼无犯罪之名；欲彰之以报应，又无得罪之状也。曾差鬼卒稽查，大都是习染成性之罪孽。"这阎王很圆滑，他无法整治，便推给钟馗。不过他有他的难言之隐，他认为所谓"难治之鬼"，"倒是阳间最多"，"大凡人鬼之分，只在方寸之间。方寸正的，鬼可为神，方寸不正的，人即为鬼"，难治的症结也就在这个方寸上。

方寸者,心也。心不正则眸子眊,看人带偏见,开口说鬼话,办事尽捣蛋,此"人即为鬼"之鬼也。如嫉贤妒能,搬弄是非,见风使舵,吹牛拍马,……阳间确不乏其人。钟馗就是遭此"鬼"打过。所以他慨然受命,接过花名册,怒目圆睁,咬碎钢牙,"打"得非常卖劲。

小说家言,总是不乏穿凿附会,生发人事。这说明钟馗形象的艺术价值非同小可。钟馗的形象主要表现形式是绘画,从吴道子作画张贴千家万户,钟馗的形象就广为人知。主要是水墨画,也有瓷画、木刻(拓片)、石刻、石雕、泥塑、陶塑、剪纸……有钟馗出游、钟馗嫁妹、钟馗骑鬼、寒林钟馗、钟馗杀鬼、钟馗读书、钟馗搔背……不管姿势服饰、故事情节怎么变化,其相貌的丑陋,疾恶如仇的心理,几乎是一致的。虬髯惊目,佩剑执笏,袒胸露臂,威风凛凛,鬼见胆寒。而不第的身世,令他疾恶如仇,使这个驱鬼大神的形象有血有肉,栩栩如生。在文艺作品中,貌丑而善良的形象所产生的艺术力量,是很有征服力的。如《巴黎圣母院》中的夸西莫多,相貌其丑无比,而内心的善良之光,却照亮了千千万万人的心灵。又如京剧艺术中的黑脸包公、花脸张飞以及《白蛇传》中的白蛇精青蛇精等等,善良美好的故事,通过这些怪异丑陋的外形来表现,往往产生奇特深沉的艺术力量。由此可见,艺术的力量,存在于个性之中。

钟馗的"职责"是打鬼,在各种艺术作品中,打法也不尽相同。执剑斩鬼的,罚鬼干活的,挖鬼的眼珠子放进嘴里嚼的,命鬼倒酒给他喝的……招数很多。惟刳目而食(挖眼珠子吃)显得最解恨。吴道子的画作中,钟馗是以食指抠鬼的眼珠子,几百年后,蜀后主王衍认为用右手食指刳目,不如改用拇指更有力一些,于是要画家黄筌将吴道子的画改一下。黄筌觉得随便改动一个手指头,与原作的气韵神态不合,只好重新画一幅,把钟馗用食指抠鬼的眼珠子改为用拇指挖进鬼的眼眶,抠出眼珠子。这样一改,更能表现钟馗的疾恶如仇。而吴道子的原作并未改动,这样两个版本各有千秋,互为轩轾,流传于世。

十年前,我在湖南郦县文物所见到一块刻有钟馗画像的石碑,阴阳两面形象不同,阳面为文像,阴面是武像;阳指钟馗活着的时候是个秀才,阴为钟馗死后成了驱魔大将军。阳面为阳刻,阴面为阴刻,大抵为了拓片也有阴阳效果。遗憾的是,阳面在"文革"中被一农民用锄头挖坏,文像已无法得见。阴面的武像保存尚好,魁梧无比,骑一怪兽,像是麒麟,手持宝剑,双目如炬,栩栩如生。石碑曾被用来铺路,被当地一村民发现,才由县文物所收藏起来。碑的上方正中留有一方空白,据说古代凡在酃县当过县令的官员,退休时总要拓一张钟馗画像,钤上酃县县府的大印,揣在身边,以明驱鬼之志。这个习俗一直到民国初期还在沿袭,很可能与钟馗在酃县做过县令的传说有关,石碑上方中央的空白,大抵给钤县府大印预留的吧。

2005 年 10 月 16 日

附记:此文初稿最早见于 1986 年 2 月 23 日光明日报东风副刊,记得当年光明日报登出后不久,收到中国社科院语言研究所周定一先生赐函,予以鼓励,我很感动。周定一先生是大学者,语言学家,也是我的湖南同乡,对钟馗石刻发现在湖南酃县,很感兴趣,并就钟馗故事与我探讨。现将周定一先生两件来函附后,以飨读者。

克定同志:读到您本月廿三日在光明日报发表的《说钟馗》一文,借古喻今,一醒耳目,诚为小品佳作,甚为敬佩。其中说到,传说钟馗在湖南酃县当过县知事,所以"古代凡在鄜县当过县令的官员,退休时总要拓一张钟馗的画像,盖上鄜县县府的大印,揣在身边,以明驱鬼之志。"大作提到,这段话是最近从一个资料上读到的。看到这些地方,我更感兴趣,我想知道您见到的与鄜县有关的各种资料的来源,能否麻烦您就便指示目录,以求一读。我为什么有此请求呢?因为我就是鄜县人。……据我的回忆,鄜县甚至把钟馗看成本地的人。所以有此传说,是因为鄜县确有一面钟馗的石刻,相传吴道子所画,嵌在县衙门的墙上,民国十余年尚在。以后我离开家乡,当地也历经变乱,现在是否仍在就不得而知了。这块石刻的拓片,解放前我在湖南某县(不是鄜县)看到过,钟馗怒目虬髯,身穿大袍,足登长靴,手执宝剑,仰视蝙蝠,姿态甚为生动。而上端正中是一个朱红篆文的鄜县县府大印。据说没有盖上这颗大印拓片就不能起到辟邪驱鬼的作用。所以,出售盖有县府大印的钟馗像拓片,也是那时县衙门的一笔小小收入,只要出点钱就可得,不一定非在鄜县当过县令的人也。

1986 年 2 月 25 日

克定同志：刚才收到七月二日的信，并照片三张，真是不胜感激。

从您这次寄来的三张照片上，使我看到离别三十多年（我是1950年回到过�县，至今尚未再去过）的面貌。那个现藏钟馗石刻的"洣泉书院"旧址，看来还是保存了原貌。这些地方我很熟悉。这几年不时有家乡的人来北京出差或旅游，不少人来过我家里，……他们谁都没谈起过您曾去信文化局打听石刻下落的事，我也忘了问起。只有一次在闲谈中，我说起家乡过去传说"酃县出五子"，我把所谓"五子"背了出来，他们听了很高兴，说"这下子可知道是哪'五子'了。"其实这是酃县历史上的无稽之谈。不过，不知是什么时代形成的这一说法，县志上是否有明文说到，我没有查过。虽说无稽，却也并非凭空而来，至少"神农天子"和"钟馗才子"这两项就很有关系。承寄来《人民政协报》上的谈钟馗的文章，作者周作君，……周君文的"罗甫"应作"罗卜"，即"目莲救母"的"目莲"，不知为何也与酃县发生关系，也许酃县真有一孝子"罗甫"？

1986年7月4日

又，陈福康先生于2005年11月11日发表于文汇报·笔会的《钟馗在日本》，谈到钟馗这一传说在日本的影响，也是谈论钟馗的话题，立意很新颖，拓展了钟馗文化研究的广度，亦附于此，供读者参阅：

> 在《文汇报·笔会》上读到两篇谈钟馗的大作，很有兴味，就想写一篇续貂之文。
>
> "打鬼英雄"钟馗，是我们中国读者十分熟悉和感到亲切的。大概自宋代以来，歌咏钟馗的诗文就非常之多。自传说吴道子画钟馗图后，民间还大量流传着这位丑貌而可爱的英雄的画像。不仅如此，他还漂洋过海，受到我们东邻日本人民的喜爱。我在研究有关日本汉文学的书时，曾读到过他们的很多有关钟馗的诗文。可惜那些诗文集现在手头没有，不能一下子都找到，只找到了较晚的江户时代（约相当于我国清代）的几首题咏钟馗图的诗，感到亦颇值得介绍给大家一读。
>
> 江户时代汉诗人秋山玉山（1702—1763），名仪，字子羽，肥后国（今熊本县）鹤崎人。他从小打下深厚的汉学基础，十九岁时为藩主擢为儒员，二十三岁随藩主赴江户（今东京），入

当时日本最高学府昌平黉,在大学头林凤冈门下学习十余年;同时又在已故著名汉学家荻生徂徕创立的萱园,师从服部南郭学习汉诗文。因此,玉山当属徂徕的再传弟子。由于他常代林凤冈讲课,名声大扬。林氏死后他归肥后,任藩主侍读,并创立时习馆,任督学,从学弟子千余人。因此他又被誉为肥后国文教事业之祖。友野霞舟《锦天山房诗话》中说:"其诗经营挥洒,颇极变化。歌行最琳琅可诵,一气孤行,别开生面。"当时,江村北海在《日本诗史》中已称他"名声焕发,诗才可嘉"。后来,赖山阳还把他与新井白石、祇园南海、梁田蜕岩并列,称为"正德四家"。玉山有七古《钟馗掣鬼图》一诗,江村北海《日本诗史》认为:"此等题咏,易流诙诡。此篇字字典故,巧而不俳,可谓高手也。"其诗如下:

深山之阿夕出云,凄风苦雨鬼成群。小鬼跳梁大鬼笑,高明之家来去纷。

终南高士面如丹,青袍乌靴峨其冠。十闱腰间三尺剑,小鬼大鬼肝胆寒。

君不见,白日挪揄鬼如林,不独女萝薜荔阴!

今查清康熙《御定历代题画诗类》,从宋

苏辙起就有很多中国诗人题咏过钟馗图。但玉山此诗即使置诸中国诗人的题咏中，亦堪称合作。末句还指出人世间白日亦有"鬼"，且揶揄如林，尤有深意。江村认为此篇字字典故，实际其中除了化用了一些中国诗人之句外，通俗易懂。

又有诗人樱田虎门(1774—1839)，名质，字仲文，陆奥(今宫城县)仙台人。早年亦游学江户，师从服部栗斋，为山崎闇斋派学者。后仕仙台侯，为在江户的仙台藩邸顺造馆的督学。后归仙台，在养贤堂任教。虎门多才多艺，懂中国的天文、武术及本草学。其诗也颇有可诵者。有《题钟馗画》一诗：

独提雄剑怒冲冠，长为君王截鬼殚。但恨后庭余一妖，沈香亭北倚栏杆。

江户后期还有一位诗人斋藤竹堂(1815—1852)，名馨，字子德，亦仙台人，亦赴江户入昌平黉学习，师从古贺侗庵。竹堂的诗文深受当时人诗人安积艮斋、野口笛浦、梁川星岩等人赞赏。他的《百鬼夜行图》，笔致风趣奇异，临末笔锋陡然一转，表达了愤世之情，与百年前秋山玉山的《钟馗掣鬼图》有异曲同工之妙：

阴磷照地翳复明，丑夜草木眠无声。腥气进来风一道，鬼官肃肃作队行。

伞盖当中僧相国，三目注人烂生色。红衫小鬼小如儿，执杖持烛从其侧。

是谁氏女白衣裳？皓齿粲然喷血香。辘轳作首伸复缩，一伸忽为十丈长。

鬼兮鬼兮何多趣，形影迷离半云雾。嗟哉，鬼外有鬼人不知，白日横行纷无数！

近年来，日本某些政界要人悍然不顾中国人民和亚洲各国人民的强烈反对，坚持参拜靖国神社，还装疯弄傻地说不知道这些国家的人民和领导人为什么要如此强烈反对。他们还狡辩说，日本人的鬼神观和中国人、韩国人不同，日本人认为人死了以后就都无所谓善恶了，都成了神了。还说他们祭拜战争恶鬼也是为了世界和平。真是荒唐透顶！请读读他们的先人写的这些诗吧，不是也歌颂钟馗打鬼吗？其实，那些坚持拜祭甲级战犯的人，在我们眼里本身就是"腥气进来风一道，鬼官肃肃作队行"！

陈福康

(《文汇报》2005年11月11日)

秦人洞怀古

许多年前,在自然科学方面,出现达尔文的进化论。

当时,托马斯·亨利·赫胥黎(Thoma Henry Huxley,1825—1895,英国博物学家、教育家)对达尔文的这本论著《物种起源》非常赞赏,自告奋勇要捍卫这一成果,宣称甘当达尔文进化论的斗犬。

1860年,反对进化论的牛津主教威尔伯福斯要与赫胥黎展开大辩论,宣称如果赫胥黎输了,将被这位主教"撕成碎片";据说达尔文因病未能出席;赫胥黎舌战群儒,大获全胜,进化论一举击败宗教的上帝造人说,教主当场退席,近代科学的发展自此揭开新的一页。

任何伟大的真理,在于揭示事物发展的铁的

规律,像火种一样,点燃所有人的头脑,而不是简单地、武断地甚至罔顾客观事实的自我标榜。

中国的自然进化论,大抵要扯到北京山顶洞人,从爬行到直立行走,从茹毛饮血到刀耕火种,从结绳记事到甲骨文字……几经折腾,发展至今。像赫胥黎那样的"斗犬",可能也有,但很少见经传。即使有,我想,比较赫胥黎,结局恐怕好不了多少,无神和造神,不是较量上千年了吗?不是杀了好些人的头吗?

最近读到清人袁枚写的《子不语》,卷五有《秦毛人》一则:

"湖广郧阳房县,有房山,高险幽远。四面石洞如房,多毛人,长丈余,遍体生毛,往往出山食人鸡犬。拒之者,必遭攫搏。以枪炮击之,铅子皆落地,不能伤。"

"相传制之之法,只须以手合拍,叫曰:'筑长城!筑长城!'则毛人仓皇逃去。余有世好张君名敔者,曾官其他,试之果然。"

据土人的供述:"秦时筑长城,人避入山中,岁久不死,遂成此怪,见人必问:'城修完否?'""以故知其所怯而吓之。数千年后,犹畏秦法,可想见始皇之威。"

正如歌剧《白毛女》里的唱词："旧社会把人变成鬼"，人变鬼，不是进化，这就给进化论出了一个难题：人类进化的理论逻辑究竟是怎样的呢？

> 究竟是秦筑长城时逃避劳役的人及其子孙野蛮呢？还是秦政秦法的始作俑者秦始皇才是真正的野蛮呢？
>
> 野蛮与文明，难言之矣。但从所记"秦毛人"的境遇来看，对苛政还是不要仅止消极退避的好。
>
> （邵燕祥《"毛人"篇》1990年7月25日）

中原人避秦，向南迁徙，躲在洞穴里，不知有汉，无论魏晋，千年以后回看，仍然不使人感到新奇和震惊，尽管从道理上推论，所有的进化都是不可逆的。

听说早几年有人探险到深山老林，就见到当地野人躲避不及，喏嚅地问来人："日本人走了没有？"不要以为这种提问很滑稽，他们和房县的雪人、桃花源的秦人，都是我们的同胞及其子嗣，只是被苛政苛法和战乱的驱使而回归野蛮，这个逆转，道理再明白不过：人类向文明的进化，除了科技、文化和经济进步发达，也需要社会文明的进步发展。

秦毛人是"畏秦法"的产物，当然不会记得什么始皇帝与万里长城，自然更不会懂得"统一六合"的丰功伟绩。现代深山里野民，雪藏多年，是因为"畏日寇"，也不知道中华民族浴血抗战，战胜日本侵略者的伟大胜利。"文革"中许多人蛰居噤声，宛如末世，平反"解放"，喜极而泣，可见人类向文明迈进每一步，都得付出十二分艰辛。"感慨黄垆旧酒人，何处桃源可避秦。"这诗的写照，千年来不断在重演。暴政与战祸，使人类进化的进程变得缓慢了，这个逻辑就很明白和有力：野蛮的不是"野人"、"秦毛人"，而是暴政苛法与战乱。

相传孟姜女一哭，长城倒了八百里，真是惊天动地，可泣鬼神。就是赫胥黎先生，也得佩服当年孟姜女放声一哭的勇气。

由此想到，现代社会，威尔伯福斯仍不乏后，人们的头脑，最后是被进化之火点燃，还是被主教威尔伯福斯并没有熄灭的火刑的烈焰点燃？还有待分晓。

而赫胥黎似的斗犬，实在太少，即使有，即使

"狗胆包天",没准真被威尔伯福斯撕成碎片,秦人洞究竟是严肃的训诫,还是微笑的启示?

2014年中秋于秦人旧舍

秦"砖"汉"瓦"摭谈

秦王朝一统天下,实行中央集权,是中国历史上的一件大事。秦是一个很强悍的国家,其民族也是很强悍的民族,"岂曰无衣,与子同袍。王于兴师,修我戈矛,与子同仇。"当时被征服的诸侯各国,俯首称臣,战战兢兢。先秦时期的思想家们言论虽很活跃,但也只是嚷嚷"打倒"而已,而秦始皇却真的以政治的力量来统一中原,并且以强硬的手段镇压一切异端思想。

秦制首先对方术的打击是很严厉的,先秦时期的方士很活跃,他们的主要思想就是卜占天意,干预政治,制造舆论,用占爻、卜卦,迷惑信众,把一切天灾人祸归于上天的"天意"。那时候,只要有灾害发生,就归咎于方士占卜作法。除此之外,有的方士公然对抗秦政,骂秦始皇,嘲弄他寻找不死药,秦始皇很火,先焚道经,后杀方士,把与方术有关的书籍、工具,统统收集烧毁,或投于深井。当时可能声势很大,老百姓不明真相,惶恐不安,谈书色变,纷纷将一些六艺、经典、图籍、医、农等方面的简编加以收藏、转移,保护起来。

汉儒里有两个人物,是不得不提的,一个是董仲舒,一个是贾谊。"废黜百家,独尊儒术"的口号,就是董仲舒打出来的,解放了一大批儒士,对先秦载籍的缺失,文化的接肢,起了一定的疗救作用。他也研究占卜、爻变、灾异之类的文化,有一次被主父偃告密,说是山东地方大火灾就是因为董仲舒私下占卜引起,报告给汉武帝,差一点把董仲舒杀了。贾谊为长沙王太傅,当时是个很有名气的年轻学者,也是个悲愤的儒士,用现在的评价,他是个性情中人。他对居长沙不情愿,认为长沙"地处卑湿",不宜人居,而其实真正的原因并不在此,而是因为屈原哀郢沉湘,就在离长沙不远的汨罗江,他时常为之伤感和悲愤,不能超脱。后来梁王坠马而死,贾谊自伤,觉得自己这个太傅没有尽责,十分伤感,整整哭了 年后死去。

郑振铎在《中国文学史》中指出,秦对方术打击的同时,对学者"道古而害今,饰虚言而乱实",也要追查入罪,"史官非秦记,皆烧之。"甚至"挟书有禁,藏书有罪,偶语诗书弃市",他认为在那个时代,"文学的不能发达,自无待说。"

但是"战国秦汉人们的书和他们的职业是捆在一起的,阴、阳、刑、名、纵横乃至儒、墨,都是家传师授的职业,焚书未必使书绝,而秦之摈退方士,楚汉战争,黄老儒术的递相消长是真正使一切学者(方士)失业的原因。"(《傅斯年古典文学论著》)

竹简的主要材料是竹板,用火炙烤,使之出"汗",这样易于雕刻文字,或者用漆书写。同时,"在简书时代,父子相传,家藏版本各异,再就是口传许久后再著竹帛,有所变异,古来著述艰难,一简不过几十字,一部书便是一个产业,虽以'惠施多方,其书五车',如用现在的印刷术印成,未必便是一部大书。"(同上)

这样一场大火,能幸免于灾的简书就很少了,流传下来的,也就不可能很完整,流失在民间和海外也有一些。应该感谢当时那些职业的"出版家",还有民间的收藏家。孔子的一些书籍就是被人藏在壁中,躲过大火,被后人发现,称为"壁经"。还有一种人,应致谢意,即是汉时儒士。

有一种说法,认为秦在焚书之前留有备份,说是朱熹说过:六经之类,他秦王依旧留得,但天下人无有。这个说法是靠不住的。

只能说,可能留了一些农艺、医术书简及本朝和列国的史籍,特别是李斯所编撰的《秦记》,藏于馆阁,并没有烧掉,封存起来,不使外流。但朱熹这番话,即使说了,也不见得就是秦的刻意"备份"。虽说那时候的经书文字并非卷帙浩繁,但刀刻在竹简和木片上,速度是很慢的,或曰抄写,也断非易事,遑论备份。《史记·六国年表》云:"诗书所以复见者,多藏人家。"这就是说,民间秘藏的经书,使得相当一部分载籍得以保存。

后来项羽在阿房宫一把大火,把秦时所藏烧得差不多精光,"备份"也无从说起。

现世所存的《春秋左传》,当是最为有质量的史书。先秦的一些编年史籍,比较原始,只是按年序记录一些历史事件而已。如果保存下来,并不算十足的善本、精品。只有《春秋左传》较为进步,也比较严谨,写法上有文学趣味。主编者左丘明,据说是个盲者,史称"盲史官"。《春秋左传》是被人藏在孔府壁缝里得以保存下来的。

秦之后,汉初文学,受秦弊影响,没有太大起色,在文法上循规蹈矩,过于严谨。直到文、景继位,才开始活跃起来。不少汉儒起来做一些研究和发掘秦文化的工作,出现了一些秦博士、秦学者,纷起修治先秦史料、秦本朝纪事、四书六经,在修复载籍、为断折的文化接肢方面,是有一定贡献的。但从史学角度看,其中也不乏"二手货",专业一点说,大都属于间接史料,即"用汉话说秦经",并不是直接的"行货",我们用这些史料,就要分辨是直接史料还是间接史料,不然就容易上当。"我们要用先秦的材料,而这些先秦的材料是汉人转手送给我们的;偏偏这些汉人又不客观,以他们的主意去取、整齐、添补,更文字,造章句。"(《傅斯年古典文学论著》)因为秦汉之间,语言文字的差别是比较大的,在观念、体制、语法、字的读音等方面,秦与汉也不同。秦文多巫气,汉文多拘谨("古文智而诬,今文愚而陋"),"汉儒以秦文写六经,是为古文派所甚诟病的。"认错字情有可原,如果"号称古代材料中有有些汉朝话,乃真正要不得。不幸事实偏如此,不特经解是汉朝人的思想(如三家《诗》、《公羊》、《春秋》),《戴记》多少篇后人坚信为春秋晚年战国时期的,实在一望便知其是汉朝作品(详见《论汉儒林篇》),即《论语》、《孝经》也有不少汉朝话……"(同上)

对秦和先秦历史,中国的文章家、学者,最有范的修养,当是:"于史料赋给者之外,一点不多说,史料赋给者之内,一点不少说,不受任何传说观念的拘束,只求证,不言疏,这样然后可以'起废疾,箴膏肓,发墨守'!"(同上)现在的"文章家"动辄先秦这样,先秦那样,汉儒不敢说的他敢说,动辄对前贤的斫斫致辩,傅斯年先生的这一段话,值得好好读一读。

我们谈先秦文学,其实所谓先秦文学,就诗歌来看,只有《诗经》和《楚辞》两个总集,伟大的作家也就那么几位。

至于散文,就很繁盛了。但那时候的散文,并不完全是文学作品,以写情写景的不多,作者也不是文学家,多是思想家、政治家、哲学家、历史学家、各种学说的专家学者。在思想上各执己见,用文章表述自己的见解和主张,思想非常解放,各打各的旗,各吹各的号,俨然是一种学说的开山祖,并且各有各的信奉者。所以,那个时期的散文,其实是哲学各种流派的争鸣。尽管并非以文学为业,但他们的文章,却非常注意文采,结构严密,比喻生动,"他们能以盛水不漏的严密的哲学思想,装载于美丽多趣的文字里,驱遣着丰富的想象,生动的比喻,活泼而有情致的文辞,为他自己的应用。"(郑振铎《中国文学史》)因此,先秦的散文,不但是哲学的名著,也是文学的名著。比如老子、孔子、孟子、庄子、墨子、荀子……等等。庄子喜欢老子的学说，他的文章，"以重言为真，以寓言为广。独与天地精神往来，而不敖倪于万物。……上与造物者游，而下与外生死无终始者友。"（庄子《杂篇·天下》)，如《秋水》、《胠箧》、《盗跖》，都是很精彩的文字，纵横跌宕，奇气逼人。《汉书·艺文志》说《庄子》有五十二篇，现存的只有三十三篇。因曾隐居南华山，人们便称他的书为《南华经》。

这些载籍，有一些是当时的藏书家、出版家和读书人转移、埋藏甚至抢救出来，得以保存，同时汉儒们的蒐集残简，整理，花了工夫，也功不可没，尽管属于"二手资料"，毕竟使我们看到当时的概略，亦可谓难能可贵。

应予重视的是：秦制版本的图籍是没有烧掉的。

刘师培《左庵集·卷三·六经残于秦火考》谓"萧何所收'图书'，即《张苍传》，'明习天下图书计籍'之'图书'，非'六艺'也。"所谓图籍，就是一个地方的地图和户籍资料档案，并非"六艺"，属于府藏。秦始皇再傻，也不会把这些档案烧掉。刘邦打进咸阳后，很多将士争着进入富户人家，搜集金银财宝，而萧何却直奔秦王官府，尽收御史律令图书，也就是图籍，这在《汉书》里都有记载。萧何的用意就比那些将士高远，认为要建立一个富强的国家,就要清楚地了解全国的疆域和人口情况,贫富情况,多少男,多少女,多少老弱,多少田亩,以及多少牲口和粮草,这样就可以"兵起而胜敌,按兵而国富"。所以,萧何的不同凡响,就在于认识到秦的户籍制度,是当时行政管理的一个进步,掌握和征收田租、赋税,征徭役、兵役,可以富敌一方,为统一中原,提供了保证。萧何宁可不要金银财帛,也不要六经四书,而专注于收集图籍,因为他要治理国家。这也说明,秦燔之后,的确有不少此类资料没有化为灰烬,这对后来研究秦的户籍和行政管理、国防建制,提供了很有价值的史料,所谓"汉随秦制",就是这个意思。

2016 年 11 月 15 日改定

太像不是艺

马克思说,只有懂音乐,才能欣赏音乐,音乐的美,是要传达给它的接受对象的。假如失聪,或耳朵听不懂音乐,欣赏音乐美就无从谈起,更谈不上创作。禅宗故事里说到的四川僧人方辩,是个搞雕塑的,他很崇拜六祖慧能,专程跑到广东,要给他塑像。慧能先是不肯,方辩再三要求,他才勉强同意让方辩先塑一个样子看看。结果塑出来高可七尺,可谓曲尽其妙,但慧能看了却不满意,说了一句"汝善塑性,不善佛性",酬以衣物,打发他走(《五灯会元》卷引)。慧能目不识丁,但对诸佛妙理能心领神会,对雕塑的传神作用很讲究,认为塑佛就应该懂得佛,懂得美,其作品才有佛性,才有传神的作用。这里,慧能就是马克思所认为的"耳朵"灵敏的人。

方辩的失败,在于判断的失误。莱奥纳多在《绘画论》里讲过:"作品超越了判断,那是更糟。判断超越了作品才是完美。如果一个青年觉得有这种情形,无疑地他是一个出色的艺术家,他的作品不会多,但饱含着优点。""由你的判断或别人的判断,使你发现你的作品中有何缺点,你应当改正,而不应当把这样一件作品陈列在公众面前。你决不要想在别件作品中再行改正而宽恕了自己。绘画并不像音乐般会隐灭。你的画将永远在那里证明你的愚昧。"

傅雷在评价《梦娜·丽莎》这幅画时,写道:"然而吸引你的,就是这神秘,因为她的美貌,你永远忘不掉她的面容,于是你就仿佛在听一曲神妙的音乐,对象的表情和含义,完全跟了你的情绪在转移,你悲哀吗?这微笑就变成感伤的,和你一起悲哀了。你快乐吗?她的口角似乎在牵动,笑容在扩大,她面前的世界好像与你的同样光明同样欢乐。""乔尔乔内(giorgione,意大利威尼斯画派画家)的《牧歌》中那个奏手风琴者的手是如何瘦削如何紧张,指明他在社会上的地位与职业,并表现演奏时的筋肉的姿势,梦娜·丽莎的手,沉静地,单纯地,安放在膝上。这是作品中神秘气息的遥远的余波。"方辩当时在一大堆沙土、麻布、药泥和胶漆面前,是受一种完成塑佛的崇拜的急切的心情驱使,但对六祖身上的特质亦即佛性,缺乏应有的判断和观察,缺乏细致缜密的思索,他对每一个细节,都应该经过长久的寻思,应该给自己一个袖手于前的空间,但他没能做到。

当然,方辩并没有马上离开,而是皈依慧能,从玄宗二年到玄宗十年,用了八年的时间随其左右,细心观察,悉心摸索,体会"佛性",直至六祖圆寂,决心完成一尊六祖本人满意的塑像。有传说六祖的真身是方辩所塑,说是当时六祖在神龛中跏趺而化,腿足盘结,双手迭置腹前,极似入定,抬首,闭目,颇显高僧气质,方辩在场见了,觉得这坐像端形不散,集中表现了高僧自悟得道、多思善辩的特点,于是灵感奔涌,即兴创作,"蜀僧方辩塑小样,真肖同畴"(《宋高僧传》卷引),是否属实,有待考证。

按,隋唐时期,塑像叫捏塑,也叫塑真,不叫雕塑。制作过程也与现在不同,是先将粘土捏成像芯,在像芯的外表裹以麻布,然后涂漆,待漆干后又裹一层布,布上涂(檀)香木粉和漆调成的糊料,边涂边细心加工和润色,等糊料干燥、外形胶固后,便将泥芯打碎取出,在内空支以木架或铁架,最后便是着色。

据说南华寺的灵照塔内过去保存了三件宝物：达摩所赠信衣，中宗所赐磨衲宝，方辩塑真道具，现在都已荡然无存。可见当时方辩塑佛是非常有影响的，被当作大事来纪念，这也确是中国雕塑史上的一件大事。

中国出现雕塑艺术，比意大利文艺复兴时期早二千多年。隋唐时期有用雕塑制偶，供人顶礼膜拜，尽管有一些艺术表现手法，但却保守、写实，缺乏感染力，属于一种实用主义的雕塑艺术，不同于罗马。罗马是宗教之都，有不少雕塑作品也是以宗教故事为依据，但其雕塑多是开放的表现手法，包含奇妙、生动的细部语言，而非制偶。

成功的雕塑，应该有移情作用，能使观者与雕塑所传达的无声的、神秘的气息交流，从而获得哲理的启发和美的享受，这便是艺术力量"遥远的余波"。

无独有偶，罗马教皇也让人为他作一幅画像，非常逼真，他看后，说了一句话："过于像了！"赏给画家一枚金币，金币上刻有四个字："十分真实"。他相貌很丑，年纪又老，看上去有些"色厉"，画家确实把这些真实地表现出来了。但除此之外，教皇还是个法律学者，而且很会数学，这个内在的气质，画像里却没有得到很好的表现。所以画作虽然打了十分,但过于生活化,未免匠气太重。

英国戏剧家、诗人莎士比亚也绘有肖像,画家是马丁·特罗斯霍特,他在一六二三年对开本所作的第一幅莎士比亚木刻肖像,就不成功,这幅肖像没能反映出莎士比亚这样丰富而又巨人式的个性。本·琼生(Ben Jonson,约1572年6月11日—1637年8月6日,英格兰文艺复兴剧作家、诗人和演员)为此肖像配了一首诗,写得很机智俏皮:

"你在木刻上看到的是莎士比亚外在的特点。艺术家竭尽所能地力求与自然作一争竞。啊,如果他能在铜版上雕刻出面貌而又能保持才智之士固有的特色,他就会是真正的伟人!然而,他不能;因而我要向大家进一言:看书,不看肖像。

莎士比亚的灵魂思想和心肠体现在他的作品里。他在其中把一切向我们袒露。"

(引自阿尼克斯特《莎士比亚传》)

本·琼生的另一段话,写得更是生动,是真正的崇仰,不妨抄录如下:

"我的莎士比亚,起来吧;我不想安置你

在乔叟、斯宾塞身边,波蒙也不必躺开一点儿,给你腾出个铺位:你是不需要陵墓的一个纪念碑,你还是活着的,只要你的书还在,只要我们会读书,会说出好歹。"

(同上)

这与罗马教皇和六祖的看法几近一致,看重的是攫神,是精神的传达。

但并不是所有评价,都能用肖像或雕塑来表达。这就是钱锺书先生所说的,"巴东三峡巫峡长,猿鸣三声泪沾裳","猿鸣一声"可以在画里表现,而"三声"就无法表现出来,绘画能表达"空间的"平列,而无法表达"时间的"后继(钱锺书《读〈拉奥孔〉》)。

在美学范畴,这属于移情说,也就是"遥远的余波"。绘画和雕塑如果在移情上有所成功,那是很不简单的。"看似寻常最奇崛,成如容易却艰辛",方辩的可钦敬之处,在于他力求有所突破,要用雕塑表现一个活生生的佛祖,有佛性的佛祖,成为真正有纪念价值的艺术创作。不管他做得怎样,这是很不简单的。中国戏谚说:"不像不是戏,太像不是艺。"用到这里,真是恰如其分。

2017年2月13日

文艺批评古道犹存

一

郑振铎说:"齐梁在中国文学批评史上是一个大时代。出现了好几部伟大的批评的著作,产生了许多不同的批评见解,我们的批评史,从没有那样的热闹过。……能给纯文学以最高的估值与赏识者,在我们文学史上,恐怕也只有这一个时代了。"如沈约、陆厥在诗歌音韵上的论战,还有同期出现的两部文学批评专著——刘勰的《文心雕龙》与钟嵘的《诗品》。

两位批评家是同时代人,年龄大概只相差三岁,他们的崛起,对当时的文学影响很大,也是批评界一件大事。南北朝时期,文学写作可谓盛极,士族社会以写诗为时髦,但受陈梁遗风的影响,文风浮华,"故使文多拘忌,伤其真美"(钟嵘《诗品序》)。国都金陵,交通发达,物产丰富,风尚奢靡,虽然词人云集,用词富丽,但过于矫饰,被读者称之为"金粉文学""贵族文学",不接地气。文学创作的良莠不齐,亟待鉴赏和甄别。于是一些知识分子就着手品评诗文,刘勰、钟嵘就在这种情况下问鼎当时的文学界,开了一代新风。

这一影响,扩散至宫阙,使朝中能诗者幡然醒悟,走出"玩诗"的窠臼,一改靡靡诗风。据《北史·文苑·庾自直传》记载隋炀帝的故事:"……帝有篇章,必先示自直,令其诋诃。自直所难,帝辄改之,或至于再三,俟其称善,然后方出。其见亲礼如此。"这一段记录,与《隋书》《文选》所记大致相同。在《隋书卷七十六》里这样评说:"时俗词藻,犹多淫丽,故宪台执法,屡飞霜简。炀帝初习艺文,有非轻侧之论,暨乎即位,一变其风。其《与越公书》《建东都诏》《冬至受朝诗》及《饮马长城窟行》,并存雅体,归于典制。虽意在骄淫,而词无浮荡,故当时缀文之士,遂得依而取正焉。"在《柳䛒传》中亦有"王好文雅,招引才学之士诸葛颖、虞世南、王胄、朱瑒等百余人以充学士,而䛒为之冠。王以师友处之。每有文什,必令其润色,然后示人。"

那么柳䜭、庾自直究竟是怎样批点杨广(隋炀帝)的诗作的？又批点了哪些地方？时至今日，我们当然无从知道。但隋炀帝热心诗文写作，进步之快，有清隽敦厚、质朴典雅之文风，并且重视文艺与批评，却是无疑的。所以郑振铎评说，"有了这样一位文学的东道主在那里，隋代文学，当然是很不枯窘的了"。

且看杨广的《春江花月夜》："暮江平不动，春花满正开。流波将月去，潮水带星来。"批评家发现四句二联，认为是"律诗初露端倪"。又如《野望》："寒鸦飞数点，流水绕孤村。斜阳欲落处，一望黯消魂。"为评家批点语言很有意境，很优美，后来果然被秦观引进《满庭芳》："山抹微云，天连衰草，画角声断谯门。暂停征棹，聊共引离尊。多少蓬莱旧事，空回首、烟霭纷纷。斜阳外，寒鸦万点，流水绕孤村……"批评家们还认为他的《饮马长城窟行》："肃肃秋风起，悠悠行万里。万里何所行，横漠筑长城……""有大人之雄风"。

王船山评杨广《乐府泛龙舟》曰："神采天成，此雷塘骨少年犹有英气。"郑振铎亦评价："广虽不是一个很高明的政治家，却是一位绝好的诗人，正和陈、李二后主，宋的徽宗一样，而其运命也颇相同。他虽是北人,而所作却可雄视南士。"此外《隋书·经籍志》著录《炀帝集》五十五卷,《全隋诗》录存其诗四十多首。人们认为"隋炀帝一洗颓风,力标本素,古道于此复存",这个评价,是切中肯綮的,说明他身体力行,改变一代文风,作了很有意义的贡献。

而钟嵘在《诗品序》中还提出批评家应由对人物的品评推及到对诗作自然美和艺术美的鉴赏,但他慨叹这样做不容易,说:"昔九品论人,七略裁士,校以宾实,诚多未值。"认为这种界定方案的探索,有一定难度。

由于古诗词是规矩很多的文学,写好一首诗,要反复推敲,声韵、格律严谨,往往辗转竟日,无一佳作。而好的诗作,都有自己的个性,带有作者的人品风格,"太白做人飘逸,所以诗飘逸,子美做人沉着,所以诗亦沉着"(王国维语),在对古诗词的评价和论证方面,由诗及人、由人及诗,反复评议,获得一个论证,看来又很有必要。

我们现在读到的古诗词,都是经过了历史的锻打过程,经过历代批评家不断评价、论证,显得弥足珍贵。诗有言志,有言情,有言事者,写好都不易。有的诗和文艺作品,甚至几百年尚无定说,《红楼梦》不是至今还有人在考证么?

二

时至今日,文学批评这个概念,在许多人特别是年轻人中还是模糊不清的。文革时期,四人帮将文艺批评作为整人的工具,挥舞大批判的棍子,把正当的文学批评搞得人见人怕,混淆了批评的真实意义。

什么是文学批评?既不是"大批判",也不是"意见箱"。在十九世纪欧洲文艺复兴时期,文艺批评(Literary criticism)是与研究和确定(study and determine)同一含义,即批评家对作品加以研读之后,从社会学、美学、文学以及作品结构、情境、情感、人文价值等多方面分析研究,给作品一个应有的、客观、公正、科学的定位,不是说一堆好话完事,也不是提一通意见拉倒。

但是现在文学批评界的情况,并不能使人乐观,那种隔靴搔痒的评论,我们已经看得很多了。特别是近年来,国内文学创作,虽然出现不少佳作,但也因为受"市场化"的影响,文学创作良莠不齐,也是不必讳言的事实。一些自费出版的作者,不得不请名家、批评家、大腕儿站台,帮忙推销,而这些站台者,绝少实话实说,因为考虑那些书的销路,大家帮助点赞,使自费出版不至于"蚀本"。于是文学批评就成了"文学表扬",成为"读物"的推销员,文章的好坏,就失去了标准,遑论"批评"?于是一些品类低下的制作、迷信风水之类读物也混迹其中,真正的批评家就只有"退居二线、三线",马放南山。

真正的批评家,要对文学、美学、社会学、价值学……诸多方面进行研究。克罗齐派的美学家们说,要欣赏莎士比亚,你须把自己提升到莎士比亚的水准。这是很中肯的定义。莎士比亚的朋友本·琼森说:"只有诗人,而且只有第一流的诗人,才配批评诗。"批评家是时代优秀作品的发现者,时代需要批评家。当作品问世时,不管是什么方式"出生",最好到优秀的批评家那里领一个"出生证"。

现代英国批评家理查兹(I. A. Richards)说:"批评学说所必倚靠的有台柱两个:一个是价值说,一个是传达说。"

传达即是表达的艺术,"所有的艺术家所接受的训练都在传达技巧方面"(朱光潜语)音乐、图画、诗和小说散文,都是表达的艺术。而作为文艺批评家,起码应该是一个很优秀的作家,没有对创作的艰苦的体验,就没有资格对他人的作品进行研判。这种研判,又应该是相对的,也为"批评的批评"留有一席之地。人们曾反对"四人帮"的把文学批评当作打人的棍子,同时也希望文学批评有更科学、更实事求是的 study and determine。当我们读到一本新著时,应该是从一本书的最高境界来欣赏和品评,而不是评论一根绳子,总是从最薄弱的一段断定绳子的价值和质量。

钟嵘在《诗品序》中谈到作品及人的品评时说:"昔九品论人,七略裁士,校以宾实,诚多未值。至若诗之为技,较尔可知"。可见"品"可以追溯到人物(诗作者)品评,也可见,到魏晋时期,品藻者就开始由对人物的品评推及到诗作自然美和艺术美的鉴赏(即王国维说的理想与写实)。但他慨叹不容易,"校以宾实,诚多未值",而作为一种探索,未尝不可,但做起来还是不如直接看作品的价值与传达水平。鲁迅指出过:"然而批评家的批评家会引出张献忠考秀才的古典来,先在两柱之间横系一条绳子,叫应考的走过去,太高的杀,太矮的也杀,于是杀光了蜀中的英才。这么一比,有定见的批评家即等于张献忠,真可以使读者发生满心的憎恨。但是,评文的圈,就是量人的绳吗?论文的合不合,就是量人的长短吗?引出这例子来的,是诬陷,更不是什么批评。"(鲁迅《批评家的批评家》)量人的长短,不是什么批评,往往走入整人的误区。这个误区,使我们吃了很大的亏。

2016 年 11 月 1 日

从"求贤诏"想到

读《武帝求茂才异等诏》,觉得汉武帝刘彻在"唯贤是举"这个问题上,具有独到的见解和非凡的气概,可为我们借鉴。这个六十八字的诏书,见于《汉书·武帝纪》:"盖有非常之功,必待非常之人,故马或奔踶而致千里,士或有负俗之累而立功名。夫泛驾之马,跅弛之士,亦在御之而已。其令州郡察吏民,有茂才异等,可为将相,及使绝国者。"从这个诏书里可以看出,汉武帝并未对人才提出什么条件,而是着重指出寻找人才的途径。他说:往往有乘之即奔、立则踢人的马能致千里,也往往有被世人讥论的人能立功名。进而指出,这些撒野不羁、不循轨辙的马和性情孤标、不入俗检的人,关键还是在乎使用,使用得法,就能为国家作出"非常"的贡献。于是指示州郡注意考察吏民,凡发现此类秀才和才华出众的人,可以破格录用。

这种举贤不拘资格,务期实用的主张,在当时的封建社会,不能不说是一种进步。但是,作为当时的州郡负责人,如果没有敏锐的目光和深厚的学识,对这个"诏"的贯彻执行,恐怕就很难做到尽善尽美。因为人们要克服对客观事物认识上的局限性,总是要花气力的,对人才的发现也是如此。伯乐不当车把式,就识别不出千里马;成连不教音乐,就培养不出伯牙那样的乐手,这都是通过实践,掌握识才的本领。

同样,刘邦不是因为战争的失利,就不会说出"夫运筹帷幄之中,决胜千里之外,吾不如子房;镇国家,抚百姓,给饷馈,不绝粮道,吾不如萧何;追百万之众,战必胜,攻必取,吾不如韩信"的话来。这张良、萧何、韩信,其实都是刘邦曾经瞧不起的"跅弛之士",被认为缺点太多。尤其韩信,出身微贱,还受过淮阴弟子的胯下之辱,刘邦对他歧视过,冷落过。但通过战事失利的教训,刘邦克服了认识上的局限性,懂得了要成就一番事业,没有人才不行。这才开始重视人才,礼贤纳士。可见这"唯贤是举"并非易事,一要有心,二要懂行,只有这样,才能透过"奔踶"、"跅弛"的表像,去认识、发现自己所要寻找的千里马和高级人才。歌德曾说:"最伟大的人物总是通过某种弱点同他们的时代联系在一起的。"这个德国诗人的话,是很值得人们深思的。

当然,从道理上似乎没有人不赞成这样做,但在具体行动上,有的人就多少要打些折扣。比如有的人很想发现几个人才,但总是超脱不了凭印象、凭档案、凭电话汇报取人的旧框框,不作实际考察,始终不识庐山真面目。还有的地方对选才有一套"土政策",如"听话"、"会演讲"、"会交际"、"高学历"、"群众关系好"……面面俱到,缺一不可,总之不能是"奔蹑之马",和"跅弛之士"。但是这种剔透玲珑的古玩似的"人才",既不存在,也毋须燃烨寻访,因为即使有,也不过是平庸之辈,并无多大才智。我国古代哲学家子思说:"夫圣人之官人,犹匠之用木也,取其所长,弃其所短,故杞梓连抱而为数尺之朽,良工不弃。"在人才的选取上,也应像这样的"良工",不搞以偏概全,只要有超群之处,就应当量才而用。对他们的弱点、缺点甚至错误,要历史地全面地分析,进行科学的鉴定,本着爱护的精神,帮助他们逐步克服。所谓"御之而已",大概也就是说的这个意思吧。

附文

不举贤怎么办
黄一龙

刘克定同志《从"求贤诏"想到》一文(载二月十八日《光明日报》),讲到汉武帝的一道诏书很有"唯贤是举"的眼光与气魄。这使我想到这个汉武帝的另一道诏书,时间在那"求贤诏"前十二年,主旨也在求贤,不在讲思想方法,而是向那些受命举贤的官员们施加压力。

诏书说:

夫十室之邑,必有忠信;三人并行,厥有我师。今或至闾郡而不荐一人,是化不下究,而积行之君子雍于上闻也。二千石官长纪纲人伦,将何以佐朕烛幽隐、劝元元、厉蒸庶、崇乡党之训哉?且进贤受上赏,蔽贤蒙显戮,古之道也。其与中二千石、礼官、博士议不举者罪。

这段文字很有份量。首先,它把举贤作为"二千石官"们(颜师古注:"谓郡之守尉、县之令长")的首要任务。做不到这一点,所谓辅佐皇上的一切职能都谈不上。其次,它引用孔夫子的教导,排除了一切类似"我这里没有人才"的遁辞,谁要是不举贤,谁就是贯彻指示不力,谁就是壅塞贤路,就应该按"蔽贤蒙显戮"的原则治罪,就是说,原则上脑袋得搬家。这道诏传达下去,当时的"二千石官"中间即使神经最麻木的,恐怕也得汗流浃背吧!汉武帝以雄才大略著称,他深知人才和事业的关系,所以求得如此急切,下了这道也许是古今中外最严厉的举贤命令。不过认真想来,他不严厉也实在不行。封建社会是皇帝们的家天下,为这个"天下"忧的,除了他们本人(而且还要不昏庸)而外,大小官僚中只有为数极少的有识之士了。对多数人,如不强迫命令,他们是绝对不会有积极性向上推荐人才的,特别是当人才比自己高明,迟早会威胁自己的"前程"的时候。

当今中国的"皇上"是十亿人民。十亿人民为了实现四化,求贤之心的急切,非汉武帝之辈所能比。那么有没有必要对各级干部也来点强迫命令,要他们非举贤不可呢?从理论上说来,不必。我们的干部是人民的公仆,是人民中间最积极、最觉悟的分子,除了人民的利益之外再无特殊利益。为人民的事业发掘人才、推荐人才,使社会主义事业发扬光大,后继有人,这应该用不上强迫命令了。在当前机构改革中,一大批白发苍苍的老干部对后继者的培养、选拔、帮助和支持,充分证明了这个道理。

不过事情总还有另一面。我们的干部队伍里,毕竟还有其他式样的人。陷贤害才的违法犯罪分子有之,嫉贤妒能者有之,误能屈才者有之,搞人才垄断者亦有之。比如对人才发射闲言碎语或对那闲言碎语姑息迁就者流,或在自己眼皮底下让人才被逼走而三年两载不闻不问者流,就更非三几位了。对这些干部,教育是必要的;不过四化大业,时不我待,人民急需人才,而人才就压在他们的手掌底下出不来。对于他们,恐怕得效汉武帝之法,立个规矩:如不举贤,该如何如何办,并且付诸实施,这或是治"阖郡而不荐一人"之疾的一个良方。

1984 年 6 月 9 日

病榻上说文谈史

——忆宋振庭老师

宋振庭老师写过不少杂文,是有名的杂文家。我跟宋振庭老师只见过一次面,以前并不认识,更不知道他就是"小萝卜头"的哥哥。写这篇文字,并非谬托知己,只是回忆与他的一次见面。那时,他在中共中央党校任副校长,写写杂文。一九八四年十一月,他收到我的一封信后,托秘书给我写来回信,信中说,宋振庭同志"最近身体不佳,一直住在医院,特嘱我写信向您表示亲切问候,并真诚地邀您有机会来北京,有事可联系。他对您的钻研精神很赞赏,希您在今后的日子里作出更大的成绩。通信时可直写中央党校宋振庭同志。"次年元月,我作为杂文编辑,赴京拜访他,与他有一次关于杂文的深谈。

在他的家人带领下,我到校医院见到了宋老。他很消瘦,躺着,见我来了,热情招呼我坐在他的旁边,跟他说话。

他写过很多有影响的杂文,他在《讴歌与挥斥》杂文集中写道:"我的书架上并排放着两本书,一本是邓拓同志的《燕山夜话》,一本是姚文元的《评三家村》,这就使我想到了历史的嘲讽和戏谑的一面。读过几篇《燕山夜话》后,偶然翻开《评三家村》,但见扉页上不知什么时候什么人写下这样两句杜诗:尔曹身与名俱灭,不废江河万古流。"

"写杂文就得学习和读书。干部队伍中学风不正,已经不是新问题。"五四革命时期,有不少号称革命先驱的人,其实是只接受了一些激进的政治理论,只凭热烈的主观热情,只知皮相,不作科学的、深入的研究,拿来就往中国的实际问题上套,就宣布自己信仰了马克思主义,并开始为这一信仰不懈奋斗,甚至愿意为之阵死。瞿秋白在临行刑前写的《多馀的话》里坦白地自述:

> 马克思主义的主要部分:唯物论的哲学,唯物史观——阶级斗争的理论,以及政治经济学,我都没有系统地研究过。《资本论》——我根本就没有读过。尤其对于经济学我没有兴趣。我的一点马克思主义的常识,差不多都是从报章上的零星论

文和列宁几本小册子上得来的。

我第一次在俄国不过两年,真正用功研究马克思主义的常识不过半年。这是随着东大课程上的需要看一些书。明天要译经济学上的那一段,今天晚上先看过一遍,作为预备。其他唯物史观哲学等等也是如此。这绝不是有系统的研究。

我到俄国之后,虽然有因职务的关系,时常得读些列宁他们的著作、论文、演讲,可是这不过求得对于俄国革命和国际形势的常识,并没有认真去研究。

这就说明,二十世纪以来,也包括五四时期,人们浮光掠影地对外来新文化、新思潮,未知其所以然,便起而效仿,于是出现一些似是而非的"革命家"和"革命理论"。

谈及领导干部写杂文时,他说,领导干部写杂文的是有很多,但也有不少人不写甚至反对写杂文,或者怕杂文的。原因是头上有乌纱戴着,那顶乌纱就好比是个鸡蛋,他得小心翼翼,生怕掉下来被砸碎了。有的人好不容易从四人帮的桎梏下解放出来,回到领导岗位,总想保住这个官,别再丢了;有的人一做了官就变得世故了,胆子更小了,顾虑更多了,学得更圆滑了,办事更拖拉了,说话表态更模棱两可了,见困难绕得更远了,这样的人,他是不喜欢杂文的,也从来不读不写杂文。

但是,既然社会要向前进,不能没有杂文。他说解放军报有个李庚辰同志就写得很多。"高扬同志、胡昭衡同志、徐惟诚同志,都写杂文,同四人帮斗争,他的不少演讲和杂文,思想敏锐,见解尖新,言辞锋利。还有从省到国务院办公厅领导、部领导,都有杂文好手。"

"鲁迅就非常不满子路的结缨而死,说他中了孔夫子的毒,他提倡披髪大战,盘肠大战,……这个精神只有最苦难与被压迫的人民才能懂得和掌握,在战斗中的战士们最能理解。"(《讴歌与挥斥》)

我想起鲁迅先生所忧心的"我疑心吃苦的人们中,或不免有人看了我的文章,受了刺戟,于是挺身而出而革命的青年,所以实在很痛苦,但这也因为我天生不是革命家的缘故,倘是革命钜子,看这一点牺牲,是不算一回事的。"(《三闲集》)鲁迅又认为见事太明,反失其勇,"庄子所谓'察见渊鱼者不祥',盖不独谓将为大众所恶,且于自巳前进亦复大有妨碍也。"他对"革命的文学家"讥讽的同时,说到了另一方面,即对于中国国情太清楚,不免产生失望和疲乏,怀疑和观望,这种哈姆雷特式的保守主义,鲁迅也是有清醒的认识的。

宋振庭老师对干部写杂文和写好杂文,谈了很有价值的观点：把官当好，不如把事干好，把书读好，真正学一点《资本论》，读一些马克思、普列汉诺夫、黑格尔的著作，研究社会发展史，学点美学、文学。一席谈话，可谓振聋发聩，我感到，从他那里，我能学到不少生动形象的哲学、美学、文学，他不是生而知之，而是读书中来，实践中来，思考中来。

谈了很久，但他精神头还好，在一旁护理的一位大姐，劝他休息。他请她取出蘸满墨汁的毛笔，仰躺在病榻上，在他送给我的杂文集上题写赠言，因为无法伏案，就举起双手，一手持书，一手疾书："克定同志教正　请指正　宋振庭1985,元月十九日"；但见笔力苍劲，刚正，功底颇深。最后他告诉我：写杂文和写字一样，也要藏锋，要含而不露，才有力度。这句箴言我一直记得，以此检测杂文的含金量。

我回到湖南后不久，也就是1985年底，报纸上刊登了宋老师逝世的消息，悲叨何极！曾有报道说，宋老在逝世前，有一幅"俯仰无愧"的墨宝，写得相当好，我已回南方，未得一见，甚为遗憾。

2014年3月5日

附记：此文写于三十多年，没有发表过。宋振庭先生在病榻旁谈杂文的情景，历历如在眼前。

后来我才知道,他就是小说《红岩》中"小萝卜头"原型宋振中的哥哥,兄弟中"罗卜头"最小,他们的父亲是宋绮云先生,曾任杨虎城的秘书。

最近又从朋友处得知,宋振庭在给夏衍的信中,对自己在"反右运动"中,错误地"整人"进行了反思和忏悔,他也曾在病榻前跟我谈及。夏衍的回信中对其安慰同时,也进行了反思,二人推心置腹,勇于解剖自己,语重心长。两信文字不多,感人肺腑。

夏老如晤:

手术后困居病室,承临探视,内心至感。风烛之年,有许多话要说,但欲言又止者再,后来深夜静思,仍内疚不已,终于写了此信。

庭总角读书,即知有沈端先生者,后来虽屡在开会时见面,但仍无一叙心曲之机会。1957年反右,庭在吉林省省委宣传部工作,分管文教、电影。在长影反右,庭实主其事,整了人,伤了朋友,嗣后历次运动,伤人更多,实为平生一大憾事。三中全会之后,痛定思痛,顿然彻悟。对此往事,庭逢人即讲,逢文即写,我整人,人亦整我,结果是整得两败俱伤,真是一场惨痛教训。对所谓"四条汉子"

之事,庭本不知实情,但以人言喁喁,乃轻率应和,盲目放矢。"文革"前庭对周扬同志及我公,亦因浮言障目,轻率行文,伤及长者,午夜思之,怅恨不已。1961年影协开会时,庭在长影小组发言,亦曾伤及荒煤同志,耿耿在心,未知陈兄能宽宥否也。

我公豁达厚朴,肝胆照人,有长者风。此疚此情,本拟登门负荆,一诉衷曲,终以手术后卧床不起,未能如愿,近闻周公亦因病住院,只能遥祝康复矣。我公高龄八十有四,庭亦已六十三矣,病废之余,黄泉在望,惟此一念在怀,吐之而后快,此信上达,庭之心事毕矣。

  顿首

  祝康健

宋振庭
1984年9月15日

夏衍的回信

振庭同志:

惠书拜读,沉思了许久。足下大病之余,总以安心静养为好,过去的事,该忘却的可以淡然置之,该引以为戒的也可以暂时搁置一下,康复后再作审慎的研讨。心理要影响生理,病中苛责自己,对康复不利。现在中国的平均寿命已为六十九岁,六十岁不能算老,说"黄泉在望"之类的话,未免太悲观了。

您说上次见面时"欲言又止者再",这一点,我当时也已感觉到了,我本来也想和你谈谈,但后来也因为你有点激动而没有说。任何一个人不可能不受到时代和社会的制约,我们这一辈人生活在一个大转折的时代,两千年的封建宗法观念和近一百年的驳杂的外来习俗,都在我们身上留下了很难洗刷的斑痕。上下求索,要做到一清二白,不犯一点错误是不可能的。解放之前和明摆着的反动派作战,目标比较明确,可是一旦形势发生突变,书生作吏,成了当权派,问题就复杂了。知人不易,知己更难,对此,我是在六十年代初文化部、文联整风时才有了初步的体会。

不久前我在拙著《懒寻旧梦录》的自序中有过一段反思独白:"我又想起了'五四'时期就提过的'科学与民主'这个口号,为什么在新中国成立后十七年,还会遭遇到比法西斯更野蛮更残暴的浩劫,为什么这场内乱会持续了十年之久?我从痛苦中得到了解答:'科学和民主'是社会发展的动力这种思想,没有在中国人民的心中扎根。两千多年的封建宗法思想阻碍了民主革命的深入,解放后十七年,先是笼统地反对资本主义,连资本主义上升时期的东西也统统反掉,六十年代,'以阶级斗争为纲',又提了'斗私批修'、'兴无灭资'之类的口号,相反,十七年中却没有认真地批判过封建主义,我们这些人也认为封建主义这座大山早已经推倒了,其结果呢,封建宗法势力,却'我自巍然不动'。……我们这些受过'五四'洗礼的人,也随波逐流,逐渐成了'驯服工具',而丧失了独立思考的勇气。"

这些话出自内心,并非矫饰,这是由于不尊重辩证法而应该受到的惩罚,当然也可以说是"在劫难逃"。人是社会的细胞,社会剧变,人的思想行动也不能不应顺而变。党走了几十年的曲曲折折的道路,作为一个虔诚的党员,不走弯路,不摔跤子,看来也是不可能的。在激流中游泳,会碰伤自己,也会碰伤别人,我解放后一直被认为"右倾",但在三十年代王明当权时期,我不是没有"左"过,教条主义、宗派主义都有。1958年大跃进,我也一度头脑发热,文化部大炼钢铁的总指挥就是我。吃了苦,长了智,"觉今是而昨非"即可,没有忏悔的必要。我在文化部工作了整整十年,回想起来,对电影、外事,由于比较熟悉,所以犯的错误较少,但对戏曲、文物等等,则处理具体问题时往往由于急于求成,而容易急躁"左"倾。这就是说,"外行领导内行",一定要特别审慎。从你的来信中我也有一些联想,你对电影是外行,所以犯了错误,伤了人;但你热爱乃至醉心书画、碑帖、考古,所以在1962年那个"阶级斗争要天天讲"的时刻,你竟然能担着风险把划了右派的张伯驹夫妇接到长春,给他摘了帽子,并让他当了吉林博物馆馆长。这件事是陈毅同志告诉我的,当时我很佩服你的勇气,当然,没有陈老总的支持,那也是办不到的。

对于1957年后的事,坦率地说,由于整过我的人不少,所以我认为你只是随风呼喊了几声而已。况且你当时是宣传部长,上面还有文教书记,他上面还有第一书记,再上面还有更大的"左派",所以单苛责你一个人是个对的。明末清初,有一首流传很广的打油诗:"闻道头须剃,而今尽剃头,有头皆要剃,不剃不成头。剃自由他剃,头还是我头,请看剃头者,人亦剃其头。"1974年在狱中偶然想起,把他改为:"闻道人须整,而今尽整人,有人皆可整,不整不成人。整自由他整,人还是我人,请看整人者,人亦整其人。"往事如烟,录此以供一笑,劫后余生,何必自苦?病中多宜珍摄,顺祝早日康复。

夏　衍

1984年国庆前一日

宋振庭(1921—1985)作家,曾任吉林省委宣传部长,中央党校副校长

夏　衍(1900—1995)作家,曾任文化部副部长、中国文联副主席

2017年4月13日附记

响当当的铜豌豆

——关汉卿与元杂剧

研究中国戏剧史,必须了解元杂剧,而研究元杂剧,必须了解关汉卿。

中国戏剧的发展,是渐进式的,"三百篇亡而后有骚赋;骚赋难入乐而后有古乐府;古乐府不入俗而后以唐绝句为乐府;绝句少宛转而后有词;词不快北耳而后有北曲;北曲不谐南耳而后有南曲。"(吴讷《文章辨体序说》)南曲以后,就开始孕育了戏曲,而元杂剧则是戏曲的初胚。

元杂剧盖指产生于宋端平三年(1234年)至元顺帝至正二十七年(1367年)的一百余年间的杂剧的全部。因为组成成分很杂,所以称杂剧。它吸收宋戏文和傀儡、影戏话本特点而有了说白和剧情,吸收诸宫调、唱赚等散曲的特点而有了词曲。简言之，是"诸宫调"的曲牌，穿上了戏装，仿照宋戏文（木偶、皮影话本），演出新编的人物故事。杂剧初始甚至带着很浓厚的叙事歌舞的成分，如关汉卿的《单刀会》周仓的跳舞，就还保留歌舞的元素。王国维对此亦有评说："元曲之佳处何在？一言以蔽之，曰：自然而已矣。……以意兴之所至为之，以自娱娱人。关目之拙劣，所不问也；思想之卑陋，所不讳也；人物之矛盾，所不顾也。……故谓元曲为中国最自然之文学，无不可也。"（《宋元戏曲史》）

关于关汉卿，他的生平和创作情况，史料甚少，要深入研究这位艺术家，有一定困难。

现在所能知道的，只有锺嗣成的《录鬼簿》，把关汉卿作为"已死名公才人"录入篇首，这本"鬼册"成于至顺元年（1330年），郑振铎在《图本中国文学史》（人民文学出版社）中考证关汉卿卒年，"至迟当在1300之前。其生年，至迟当在金亡之前的二十年（即公元1214年）。"根据这个考证，关汉卿大约活了86岁。

关汉卿的杂剧创作成果是很丰硕的，至于创作活动，史料也不多见。现今所知，大致可以分为两部分，前期在大都（北京），后期在杭州。后期的创作，大约在元灭宋以后，或从此定居杭州也很难说。

在金时，关汉卿官位不显，任太医院尹，太医院当时是官衙，尹也是官衔，负责人的意思，可合称"医务专干"。太医院也非一般私人诊所，是专给内廷看病的"注册医生"。但他在这个官位上干了些什么，干得怎样？是通过科考还是医眷世袭关系取得职位？已无从查考。目前的资料只能知道，他大抵是在杭州时期，辞去太医院尹之职，专事戏剧创作的。——当时有两种情况使得才子们"下海"，一种是政治环境比较宽松，经济比较发达，交通便利，农民生活相对富裕，与六朝时期的情况相似，由此带来文化的繁荣，促进了戏剧的发展，一些才人纷纷走向勾栏瓦舍，为艺人写剧本，供他们演出。因为是专业创作，在艺人圈子里结交朋友，甚至成为知己。还有一种是厌恶官场明争暗斗，郁郁不得志者，弃政或弃商，加之科考停止，前途无望，遂从民间讨生活，用一技之长，在众里寻觅知音，寄托安慰。这两种情况，对关汉卿创作生涯，都有一定的影响。他在《南吕·一枝花·不服老》写道："我是个蒸不烂、煮不熟、槌不扁、炒不爆、响当当一粒铜豌豆，恁子弟每谁教你钻入他锄不断、斫不下、解不开、顿不脱、慢腾腾千层锦套头。我玩的是梁园月，饮的是东京酒，赏的是洛阳花,攀的是章台柳。我也会围棋、会蹴踘、会打围、会插科、会歌舞、会吹弹、会燕作、会吟诗、会双陆。你便是落了我牙,歪了我嘴,瘸了我腿,折了我手,天赐与我这几般儿歹症候,尚兀自不肯休。则除是阎王亲自唤,神鬼自来勾,三魂归地府,七魄丧冥幽,天哪,那其间才不向烟花路儿上走。"

这个套曲写的,颇似当时一些才人的际遇与态度,但若说这就是关汉卿的自我表白,未免附会。即使是古人,关汉卿未必会自比浪荡公子甚至"嫖客",混迹烟花柳巷,否则还写什么杂剧?据统计,关汉卿的作品,"于小令套曲十余首外,其全力完全注重于杂剧,所作有六十五本之多。……今古才人,似他著作力的如此健富者,殊不多见。"(郑振铎《图本中国文学史》)

我们可以以莎士比亚作比,莎翁生于1564年,卒于1616年,一生只活了52年,他的作品,除《十四行诗》外,有36部剧作之多,差不多不到一年就完成一部剧作,其速度,关汉卿与之相仿,这应该算是一个勤奋作家的速度,真正的倚马可待!他的剧作中,什么样的人物都有,"肯自己牺牲的慈母(《蝴蝶梦》);出智计以救友的侠妓(《救风尘》);从容不迫,敢作敢为,脱丈夫于危险的智妻(《望江亭》);忠烈不屈含冤莫伸的少女(《窦娥冤》);美丽活泼、娇憨任性的婢女(《调风月》)……等等。总之,无一样的人物他是不曾写到的,且写得无不隽妙。"(郑振铎《图本中国文学史》)而他的创作态度,也十分的严谨。"他是一位极忠恳的艺术家,时时刻刻的,都极忠恳的在描写着他的剧中人物,在他剧中,看不见一毫他自己的影子。他只是忠实地为作剧而作剧。论到描写的艺术,他实可以当得起说是第一等。……汉卿所不善写者,惟仙佛与'隐居乐道'的二科耳。他从不曾写过那一类的东西。"(同上)

他是完全没有闲暇去"寻花问柳"的。倒是从套曲中,让我们了解他对杂剧创作的执着和专注,是真正的"蒸不烂、煮不熟、槌不扁、炒不爆、响当当一粒铜豌豆"! 应予注意,套曲中用"我",正是杂剧发展的特点,在宋戏文中,男女唱者都是用"他"来表述故事人物,而且这种演唱,多是颂圣和祭祀的内容,偶或说一点"他"的故事,并非戏曲。而元杂剧演变为戏曲,剧情便有了"我"的表述。所以不能认为套曲中的"我"就是关汉卿本人自白。所谓套曲,就是把若干曲子连缀起来,表达一个主题,叫套数,也叫套曲;"南吕"即是诸宫调一种,"一枝花"和"梁州"均属这一宫调的曲牌。与现在的京剧皮黄、各种戏曲的曲牌套路颇似。故

"铜豌豆"的套曲,只是一段演唱内容。并非关汉卿的所谓"自白",也绝非东篱(马致远)的一味牢骚的同流。

1958年,田汉先生写的话剧《关汉卿》,共计12场,同年由北京人艺首演,焦菊隐导演,刁光覃饰关汉卿、舒绣文饰朱帘秀。他的《窦娥冤》(《六月雪》)等剧目以各种戏曲形式久演不衰,关汉卿是中国戏曲发展史上的丰碑,也是元杂剧的持大纛者,确是"响当当的一粒铜豌豆"。

2016年11月12日

"曲水流觞"之我见

近读陈晶先生文章《上巳话流觞》(2003年4月9日文汇报·笔会),谈到吴淞江畔的水乡古镇至今保存曲水流觞的习俗,读之令人神往。文章考证了上巳日流觞的历史渊源,很受启发,忍不住也想说几句。

阴历三月上旬的上巳日即三月初八,"自古有修禊之俗"。自魏以后,就改为三月三日。不再用巳日。但这个习俗是怎么来的呢?历史上传说很多。晋武帝也问过这事:"晋武帝问尚书挚虞口:'二日曲水,其义何指?'答曰:'汉章帝时,平原徐肇以三月初生三女,而三日俱亡。一村以为怪,乃相携之水滨盥洗,遂用流水以滥觞。曲水之义起于此。'帝曰:'若如此谈,便非嘉事'"(《荆楚岁时记》引《续齐谐书》)汉徐肇之妻一胎三胞，降世三日乃相继夭折，村民认为不祥，于是在三月三日这天，都到水边盥洗，祓除邪气，同时以杯盛酒，置于水上，随水流漂去，算是一种祭奠仪式。

与此说相似的另一说法是后汉有郭虞者，三月上巳产二女，二日中并不育，俗以为大忌，至此月日讳此家，皆于东流水上为祈禳挈濯，谓之禊祠。引流行觞，遂成曲水。（见刘昭《后汉书志》补注）但是刘昭对此说不予确认，说是虚诞之言。他的理由是，平民百姓十天内夭折两个女儿，怎么会轰动起来，成为一种世忌？刘昭的意见，我以为理由不是很充分，自汉到魏晋，几乎都是说百姓（郭虞、徐肇）的女儿夭折，认为是不祥之事，每逢这天，大家到江河边去洗盥，以祓除病灾。这种祭祀活动，恐怕最早还是老百姓搞起来的，或者说是一种自发的群众活动。起于何事，可暂存疑，总而言之，曲水流觞并不是一种赏心乐事，而是祭奠亡者，亦歌亦哭，或长歌当哭，气氛很肃穆的。"大将军梁商，亦歌泣于雒禊也"。传到今天，便成为一种节令习俗，气氛当然不一样了。

说到《兰亭序》，所谓"流觞曲水"、"畅叙幽情"，如果王羲之真正在三月三日参与曲水流觞（有学者认为《兰亭序》非王羲之所书，而是智永和尚的杰作),应该说,他当时的心情也是忧郁的。王羲之很早就有终老之志,而且长期服用一种叫五石散的药,结果害得他元气大伤,五十八岁就去世了。临终之前感叹说:"吾服食久,犹为劣劣"。所谓"仰观宇宙之大,俯察品类之盛",一觞一咏,幽情应是很深的,心情也是郁闷的,并非有的人所解释的,是一帮啸傲山水的乐天派。

所谓"群贤毕至,少长咸集",实际上是相约清谈。那时候的知识分子是崇尚空谈的,"少长"、"群贤"是哪些人呢?有支遁、许询、孙绰、李充、谢安、王羲之等,主要是这几位。据《抱朴子》和《感应类钞》的记载,这些人在会稽山林相聚,主要是清谈(或叫谈玄)。由支遁讲经,许询"都讲"(提问设难),其他人当听众,也有帮许询想难题准倒支遁的。但支遁对佛经十分精通(又是诗人,书法也不错),不管多难的问题,他都回答得非常完美。

曲水流觞,已经几千年了,这个习俗在我国一些地方仍然保留下来,的确是一笔很宝贵的文化遗产,也是世界文化的瑰宝。对这些东西,我们自己先要弄清楚,才能告诉来访的客人。诚如陈晶先生所说不是穿上古代服装,模仿一两下招式,就算是"继承"。不懂得自己国家的政治和经济的发展史,不懂得当时的历史状况,就谈不上继承,更谈不上显现一种民族化的厚重感。

2003 年 6 月 4 日

不能玷污的玉爵

"慎爵"观点的提出,是明朝刘伯温先生。他讲了一个故事:"昔者赵王得于阗之玉以为爵曰:'以饮有功者。'邯郸之围解,王跪而执爵进酒,为魏公子寿,公子拜嘉焉。故鄗南之役,王无以为赏,乃以其爵饮将士,将士饮之皆喜。于是赵人之得爵饮,重于得十乘之禄。及其后王迁以爵爵嬖人之舐痔者,于是秦伐赵,李牧击却之,王取爵以饮将士,将士皆不饮而怒。故同是爵也,施之一不当,则反好以为恶。不知宝其所贵而已矣。"(《郁离子》)

他说的"爵",是酒杯,用于阗玉制作的酒杯。这个酒杯十分尊贵,赵王用来专门给作战有功的将士敬酒,赵人认为能得到玉爵一饮,是非常荣耀的待遇,"重于得十乘之禄"。但是后来赵王却用这玉杯给他身边舐痔的嬖人饮酒，一下子玷污了这个神圣的器物，有功将士自此"不饮而怒"，视玉杯为脏污。

对所有的奖励、授勋、荣誉称号，都必须谨慎。

荣誉感很强的莎士比亚说："我的荣誉主宰着我的命运。生命是每一个人所重视的，可是高贵的人重视荣誉远过于生命。"(《特洛伊斯罗与克瑞西达》)用中国的表述，就是"知荣辱"。一种荣誉的授予，是很严肃的事情，一旦施之不当，那荣誉就会大打折扣。

这就是人们对体育竞技反对使用违禁药物，对艺术表演反对假唱，在评奖中反对乱送名头的理由，不让那些投机取巧、弄虚作假的人亵渎了神圣的荣誉。

但这不过是一种良好的愿望而已，从作品的风格特点选取优秀者，也只是众望所归的法则，而真正遵循这个法则，达成这种愿望，并不是很容易的事情。最主要的，是要坚持荣誉的高洁度，不让它受到玷污，赵王没有做到，使玉爵从荣誉的宝座上跌落下来，从那以后，所有的有功将士再也不因被赐饮为荣，反而视其为污秽。刘伯温"慎爵"的观点，到千年以后的今天，仍然使我们警醒：保持荣誉的高洁度，是每一代人的责任。

人们熟知的古希腊戏剧节,戏剧创作优秀或竞赛获胜者,被授以桂叶编成的花冠,以示荣誉,谓之桂冠诗人。月桂叶本身并不值钱,比金叶贱多了,但这顶桂冠,多少年至今,被希腊人视为神圣之物,获此殊荣很不容易,可以说凤毛麟角。

对作品(包括文艺、书法、美术、雕刻)评奖,我以为,首先应看作品的风格和特点,看作品或成果以何种风格和特点著称。从一篇评说柳永词的文章读到,柳永的词,虽然说法纷纭,但仅"有井水处,即能歌柳词"这一点,就足以说明他当时知名度之高。为什么影响这么大呢?他的词,不粉饰现实,而是把生活中美的事物再现出来,使人人都能欣赏。同时对下层弱势群体,尊重,同情,视为知己,为她们度词谱曲,表达他们的愿望和爱情。再就是语言通俗浅显,大众化,"长于纤艳之词,然多近俚俗,故市井之人悦之。"(黄升《唐宋诸贤绝妙词选》)所以市井俚人,贩夫走卒,野老椎髫,都能唱诵,在"网络"尚未出现的时代,就有成十上万的"粉丝",这不能不说是很大的成功。

当然,并非任何获奖作品都是完美无缺的。如对柳永的词,历来词坛还是有不同的声音,包括宋仁宗在内。而苏轼的词和文,很大气,用他自己的话说,是崇尚自然,表达自由,文无定法,"如行云流水，初无定质。"(《答谢民师书》)。但这丝毫无损于他的"关西大汉执铁板铜琶，唱'大江东去'"的磅礴气势。这当然不是鼓励写作不讲语法。有人说，语言学家难以写出刘白羽那样畅舒胸怀的散文，就是这个道理。

"慎爵"的慎，意即不要沾染市侩气，不能把神圣的文坛当作商品市场，其价值标准，也不是仨瓜俩枣的讨价还价，更不是拍卖场响彻落槌声的交易大厅。

2017年2月14日

学笔三谈

一

《全唐文》中,唐书法家李华说了个故事:有个叫鸿文的老师给学生讲经典,讲完以后教学生作文,但因不擅书法,在弟子面前表现得很尴尬。当时有几位小学(文字学)家就议论这位先生:学识渊博,通晓古今,却不会书法,怎么说得过去呢?鸿文老师听到了,就与他们辩论:"儒者立足,以学问呢,还是以书法呢?假如是书法,那孔子就没什么值得称道的了。从全今只听说孔子的法典图籍,其他可没听说过。你们徒然学书法,算了吧,不过去记姓名罢了。"("书足以记名姓而已"这话见于《项羽本纪》,后来成了"刘项原来不读书"的注脚)。

孔子时代，还没有毛笔，是以刀笔为主要书写工具，后来以竹挺蘸漆书写。由于先秦时期的直接史料已经焚毁殆尽，孔子的著述资料也保留不多，一部《论语》，"记言多，记行少"，弟子们如何将《论语》刻在竹简上，孔子的专著《春秋》又是如何成书？孔子的字究竟写得怎样？是无从查证的。

但民间传说的"孔夫子不嫌字丑，只要笔笔有"，说明古人还是很注重书写的，要求学生写出字来不缺胳膊少腿，不写错。字写得不好，但不写错，足可称善。应该说，儒者立足，既要以学问，也要以书写，缺一便成为"跛脚鸭"。

现在的教师，忙于教学、研究，无暇练字，大量的书写工作靠电脑、手机等等书写工具完成，写字的机会少了，自然谈不上有什么功夫，如果遇上有人请写信、题字、题诗、板述，那就很尴尬。当然，要求老师、学问家、艺术家、主持人、名人甚至领导都是书法家，也不实际，书法是书写的艺术，被先人们认为是六艺中最难掌握的一门知识，并非单纯的书写，也就不能捡到篮子里就是菜。

二

毛笔的毛，包括哪些？是不是就是鸡狼毫？

抑或紫毫（兔毛）、羊毛？看来并非如此，《笔墨法》曰：作笔当以铁梳梳兔毫毛及羊青毛，去其秽毛，使不毦茹。羊青为心，名曰"笔柱"，或曰"墨池"。可见最初还是以兔毛为主，及后是羊毛。

近日看到一本《陆游自书诗帖》，放翁在卷后自跋中写道："近诗一卷，为五七郎书。嘉泰甲子岁正月甲午，用郭端卿所赠猩猩毛笔，时年八十矣。"猩猩毛制笔，盖取猩猩身上细软之毛，制成毛笔，这种笔，比之紫毫，硬度更高，更富有弹性，使用者非有相当书法功力不可，细看放翁笔迹，饱满酣畅，泼洒自如，更显大家气魄。这种猩猩毛，据说是从古高丽进贡而来。

三

《学圃萱苏》载：唐宣州陈氏，世代制笔，家传右军《求笔帖》。一次柳公权打发儿子求笔于宣城，陈氏先给二管，对柳先生儿子说："柳学士觉得好用，就留下此笔；不好用的话，可以退货，我可以给他换常用之笔。"柳果觉得不好用，要求换别的笔。陈给他换了，并说明："我先给的两管笔，是根据王羲之用笔要求制作的，非右军不能用也。"

柳公权买笔，当然要好，哪知陈氏给柳公权的两管,是"非右军不能用"的笔,柳公权果然不上手,只好换购普通笔。

据记载,那时候去买笔,要带上自己的书法作品,交给笔庄的师傅,作为制笔的参考,根据用户不同的笔力、笔势与运笔特点,制出适合使用的毛笔。买笔先出示书法作品(等于现在出示身份证),量体裁衣,说明古代制笔技术很有讲究。书法大家的笔,制作时要参考其作品,用以制作的材料不一般,工艺也不一般。现今买笔,就无此一说了。可惜这个传统没有保存下来。

2016 年 6 月

司马相如的"身价"

司马相如是词赋家,年轻时好读书,当了个武骑常侍,他自己并不喜欢这个官位,加上景帝不好词赋,使他终日心情郁闷。一次,梁孝王来朝,他得以会见随行游说的齐人邹阳、淮阴枚乘,非常高兴,于是称病辞官,跟随他们到梁旅游。梁孝王去世后,他又回到成都,家贫无以为生,与卓文君结婚后,在闹市开一家酒店,夫妻当垆卖酒,勉强度日。

司马相如一生写了不少的赋文,他的赋文,局度的开张、词藻的瑰丽、气韵的跌宕、机趣的富涵,实在是妙笔独到,如《子虚赋》、《上林赋》、《长门赋》、《美人赋》、《大人赋》、《难蜀父老赋》、《哀二世赋》……都是难得的妙文,深受当时朝野好评。同时他写赋文讲究锤字炼句,不轻易出手,有马迟枚速之称,故千金难买相如赋的评价,流传至今。

作为司马相如,尽管名满天下,但从史料记载来看,他仍然不脱离劳动,作为一个普通劳动者,酿酒、卖酒,甚至穿着短裤衩,"保佣杂作"(和佣人们一起劳作),到井边打水洗各种器皿、酒具,他身体不是很好,患有消渴症(糖尿病),从未以大文豪、词赋名家自居。

我所不能理解的,司马相如这样大的名气,何以"身价"竟等同"保佣杂作"?我检阅了《辞海》,宋以前,身价叫身银或丁银,也就是卖身钱。与现在所谓"身价"的含义大相径庭。现在的"身价"就是指人在社会的地位,地位高即是"有身价",或谓之"身价"高,没有地位,"保佣杂作"者,就是没有"身价",现在来看司马相如的"身价",大概"不算个什么"。

曾经听到一个真实的故事:

joshua bell(当今世界上最有名的小提琴手之一)在华盛顿DC地铁站"L'Enfant"广场的入口演奏,时间是四十五分钟,当时成千上万的乘客经过这里,只有七人真正停下来听他演奏,有一些人停几秒钟,看看表,即匆匆走了,有的扔下一美元,没有停步,有的靠着墙根听他演奏,看看表,走了。没有人知道他是joshua bell。四十五分钟,他一共赚了32美元。而他在这个地铁口演奏的是世界上最难演奏的曲目,巴哈,舒伯特的《圣母颂》,以及拉曼努埃尔·玛利亚·庞塞的,马斯涅的;他所用的小提琴是意大利斯特拉迪瓦里家族在1713年制作的名琴,价值350万美元!就在他在地铁站演奏的前两天,他在波士顿的歌剧院里演奏,门票上百美元,却座无虚席,一票难求!

这就是"身价"的诠释,在波士顿的歌剧院演奏和在地铁口"卖艺",同是 joshua bell,身价判若云泥!这就等于同样一瓶饮料,在五星级酒店的卖价是十六元,在便利店只卖三元。

"千金难买相如赋",这个标价,不是作者自己提出的,也无关"身价",他身居陋巷,环堵萧然,他是便利店的"饮料"。他无需考虑自己在社会的地位高下,高也干活,下也干活,给他标个八千万,他依然还是卖酒,酒价高低才是他关心的。

在司马相如身上,这个"身价"是无法匡算的,首先,他是劳动者,劳动给了他灵感,铸就了他诗的灵魂、修炼出伟大的人格。他首先得感谢劳动,感谢土地,感谢太阳和河流,甚至贫困。这样看来,这个成本,说大也大,说小也小,就像一瓶饮料究竟值多少钱,在不同人的眼里,估价是不一样的。列夫·托尔斯泰晚年出走,要到乡村去,和农民在一起,描写他们,因为身体虚弱,患了肺炎,加上饥寒交迫,在阿斯塔波沃火车站的一条长凳上溘然长逝。他的"身价"又如何匡算呢?

2009年2月24日

灯下草二题

一

宋高宗劝岳飞不要喝酒,等把金人赶过黄河,再畅饮不迟。岳飞遵命,从此就戒酒了。

有一次,高宗鉴于岳飞杀敌有功,想要给建造府邸,岳飞表示感谢,但不接受,原因是金人未灭,天下没有统一,不能成家。后来有人问岳飞,天下什么时候才能统一?岳飞说,"文臣不爱钱,武臣不惜命,天下太平矣。"(见《宋史》)

岳飞这句"语录"就此传播开来。在《齐东野语》中也作了记载,只是小有出入。说是高宗赵构与秦桧欲降金,并借此一举"释兵权"。岳飞对这种"议和",不知内幕,说要打胜仗收复中原其实不难,只要"文不爱钱,武不惜命,欲了即了耳",意即官员不腐败才能取胜,否则,即使言和,恐怕也难天下太平。岳飞的话是冲秦桧说的。其实,当时的形势对岳飞已经很不利,降金和解除大将们的兵权,成了宋高宗和秦桧的共识,而岳飞在这两个问题上,都是首当其冲的人物。两处史料,均可征信。

文臣不爱钱,武臣不惜命,政风军纪严明,国家才会强大,但当时却不是这样,宋朝降金后的惨局,证实了岳飞的论断。

但对某些官员来说,钱不钱已经不很重要。宋史载,秦桧夫人常出入禁中,显仁太后说,近日子鱼(又叫鲻鱼)大者绝少。夫人对曰:"妾家有之,当以百尾进。"归告桧,桧嗔其失言。只得与馆客策划,进青鱼百尾。显仁抚掌笑曰:"我道这婆子村,果然。"盖青鱼似子鱼而非,桧之奸,可见一斑,其婆子的"村"(能干),也不示弱。

武臣不惜命,主要是说打仗不怕死。但没有战争的时候,贪污肥私,自古不乏其人,为此被杀头的也有,说明"不惜命"还是有另类的。

《后汉书》载:郑均传的兄长为县吏,官任游击(带兵的统领,因士兵编制没有一定,故称游击),收受礼物,郑均传多次劝兄收手,不听。郑均传即离兄去打工,岁余,赚了钱,回来送给哥哥,说:"物尽可复得,为吏坐赃,终身捐弃。"兄感其言,遂为廉洁。迷途知返,金不换也。

二

《淮南子》说,蘧伯玉"年五十而知四十九年非"。蘧伯玉是个富于自省精神的人。他每天都思考前一天所犯的错误,每年都要思考前一年的不足,力求一天比一天进步。到了五十岁那年,仍然在思考之前四十九年有哪些错误,加以改进,使自己的人格逐步完美起来。

人们总是不大容易发现自己的缺点和错误的,如果能时时检点,自我完善,听取别人的意见,是很可贵的,进步是很可喜的。

在蘧伯玉之前,曾子"吾日三省吾身",哪三个方面呢?"为人谋而不忠乎?与朋友交而不信乎?传不习乎?"一天思考这三点(为人、交友、学习),已经很不错了,而蘧伯玉能够"年五十而知四十九年非",更不简单。

宋朝的赵康靖公,尝置黄黑二豆于几案间,自旦数之。每兴一善念,为一善事,则投一黄豆于别器,恶则投黑豆。到黄昏时打开查看,初黑多于黄,渐久反之,也很可嘉。现代像这样富于自省者,还有多少？计较别人的多还是计较自己的多？我看往往是前者。

2016 年 7 月 29 日

乾陵一瞥

近年去西安两次,参观了许多古迹,还到了唐代首都长安西北方向约85公里处,咸阳市乾县梁山的唐朝墓葬,瞻仰武则天陵墓,听关于历史上这位女皇的故事。

武则天是自己称帝的,不是弑君篡位。因为中宗、睿宗都是则天所生。高宗驾崩后,由中宗嗣立。作为母后,开始揽政(名义上是辅政)。后废中宗,立睿宗(睿宗身体不好)。到天授元年,改国号为周,开始称帝,成为中国历史上第一位女皇帝。

武则天在位时,宏护佛教极为热情,曾组织精通梵文的人才,将梵本《华严经》《密严经》等多部佛经译成中文,序文由她躬撰。她还认真学习佛经,常请法藏法师、腾腾和尚讲解《华严》等佛经。

听得十分认真,对高僧大德,非常尊重。请他们进宫说法,招待也很优厚,赠送许多礼品。高僧入宫时,她亲自出殿跪迎。当然,她这样做,也是有她的政治目的的,她认为自己与佛有一定的渊源,"自幼归心","务广三明之路,思崇八正之门",自称是圣神皇帝。

当时,正值佛教鼎盛时期,禅宗有南能北秀。武则天提出恭请神秀和慧安到京城道场供养。神秀因年龄已高,坐轿子进殿,武则天亲自跪迎,敕当阳山,置度门寺,为神秀驻锡之所,供施丰厚。这时,神秀和慧安对武则天说,广东有个慧能,顿悟禅理,很了不起,是不是把慧能也请来,早晚也好问道。武则天说:好啊,我怎么早没想到?了解到慧能现在广东韶州,她非常高兴,立即下诏,派内侍薛简驰诏迎请,希望慧能速赴上京。

六祖接到诏书后,赶紧给皇上写了一封信,表示自己身体不好,愿在林麓终老,不打算进京受供。并向来人薛简说明,"道由心悟",在山林坐禅习定更好。出家之人,无始生死,常住不迁,名之曰道,湛然常寂,妙用恒沙。薛简大受启发,接过慧能的书信,不敢怠慢,日夜兼程,赶回京城,向武则天复命,如实报告了慧能的不离林麓的意愿。武则天很遗憾,但恭敬不如从命,她决定尊重慧能的选择,为表护持之意,遥伸礼敬,派人送去水晶宝钵一副,摩纳袈裟一袭,白毡两端,香茶五角,钱三百贯。并敕令重修南华寺,委韶州官员时加宣慰,以保梵宇安宁。

除了整理翻译佛经、恭请高僧大德入宫供养之外,武则天还很重视庙宇修建和修饰,她在白马阪为佛祖造了一座大像,大像落成时,则天率百官前往顶礼。但塑像尺寸过大,进不了庙宇。这件事受到了大臣们的舆论批评。如狄仁杰、李峤的意见是:造像所花的钱很不少,共有十七万缗(每缗一千),假如将这些钱拿去施散,广济贫穷,见人一千,可以救济十七万户。这个批评,没有得到武则天的认同,她认为光从花费上考虑,是俗人俗见,不予采纳。

这时有位御史张廷圭站出来说话,反对盲目营建,认为这样做不符合佛教真精神,劳民伤财,功不抵过。他的理由是:佛教以觉知为义,不以诸相见,以声色求找,不能见如来。盲目施工建塔造像,搞开发、毁山林、冶金银,其所获福,还不如禅房之匹夫。再说,施工难免兴土木、开盘礴、筑基础、堵穴洞、断水源、运石采砂,又会碾压虫蚁,祸及生灵,而那些工匠,多数贫穷,朝驱暮役,饥渴交加,有的因此病死荒丘;还有资金来源,无非增加税课,未免搞得怨声载道,这些都是菩萨所不愿意看到的啊!从政治上讲,边境建设,充实府库,养精蓄锐,才是当务之急,从佛教教义上讲,应该做的是救危苦、灭诸相、崇无为。看了张廷圭的报告,武则天很高兴,认为这才说到了点子上,此后对乱开发大大压缩,节省经费开支,并召见张廷圭,很好地夸奖了他一番。

看来,几千年中国历史的进程,多是后朝否定前朝,有些好的建制,也就因此被湮没,就说武则天这个"制止乱开发"的禁令,到宋以后,她就管不了。

2015 年 6 月 7 日

合时宜与"不合时宜"

曾看过一部电影，片名是《列宁在1918》。影片描写列宁遭枪击负伤，躺在医院病榻上，这时高尔基去看望列宁，并借此机会向列宁要求给受饥饿威胁的科学家、文化人士一点赈济，而列宁却意味深长地说了一句话："在我的身上，就留下了知识分子的子弹。"在现实生活中，列宁是否说过这句话，恐怕难以查证了，但电影的叙述，那时以知识分子为主体的孟什维克（社会革命）党，是被视为异己的，高尔基对知识分子的同情和支持，就显得很"不合时宜"，尤其在当列宁怀疑孟什维克向他开枪的时候。

以季诺维耶夫（当时他是俄共中央委员、彼得格勒苏维埃主席）为首的极"左"势力非常"牛逼"，视知识分子如仇敌，于是"枪击事件"被栽到孟什维克党内的知识分子身上,为了使这种误解和偏见变得有理有据,找不到比让列宁在影片中亲口说出更为有鼓动性的办法。

后来在报纸上获悉,一九一八年八月三十日列宁遭枪击事件,有了新的发现:列宁大衣上的弹孔同伤口部位不一致;卡普兰并不是真正的凶手,她只是个半聋半哑的苦役犯。俄罗斯报纸还公布新材料,证明向列宁开枪的是个男人,而不是女人。由此真相大白,"知识分子杀害列宁"的罪名不能成立。

近一百年后的今天,来看这个事件,恐非"闲坐说玄宗"。正是那一场震撼人心的革命,科学和文化也付出了血的代价。然而也正是在那刀光剑影的年代,一个文化巨人站立起来,怀着对俄罗斯古老文化的尊崇,以其深邃的思考,大胆放言,为知识分子的温饱四处奔走、呼号,这个人就是高尔基。他在《新生活报》上发表大量文章,谈及革命与文化的关系,揭示一九一八年一些事件的背景,并且直言:"在这场革命中,病态的恼怒的感情太多了,文明而有教养的、有文化的理智却不足。"列宁的座驾后面被人用铅笔刀划了一道口子,《真理报》便发表文章,说这是对弗拉基米尔·伊里奇生命的谋害,并严厉声明:"为了抵偿我们人的一条命,我们要用资产阶级的一百条命。"共和国红色舰队水兵特别会议还声明:"我们水兵决定,如果杀害我们的优秀同志的行为还将继续下去的话……我们都将以千百个富人的死作为回答。"

高尔基对这种缺乏理智的声明非常不满,批评说:"这种极不理智的和怯懦的算术对水兵们产生了不应有的影响,现在他们已经不是要求用一百条命,而是用一千条命来抵偿一条命了。"并且指出这些人摧毁了君主制度的外部形式,但是君主制的亡灵却没有能消灭,相反也活在这些人心中,他们正在受亡灵的驱使,"在塞瓦斯托波尔、叶夫帕托利亚杀死了数百名文化人,而且宣称:'干了——就干了,对我们的审判是不可能的。'"(《不合时宜的思想》江苏文艺出版社)

俄国革命时期的知识分子,是非常困苦的,面包和营养都跟不上,"彼得格勒的饥荒已经开始并正以可怕的势头恶化。"高尔基冒着风险为他们筹集粮食和药品,但这些粮食和药品都被季诺维耶夫扣留,甚至连高尔基的通信也受到监视。季诺维耶夫极力反对高尔基的立场,他下令查封了《新生活报》,并无端的逮捕了出版家、高尔基的合作者希金。

但这一切,阻止不了高尔基对知识分子的爱

护、关切和同情,应该说,他捍卫的是俄罗斯民族文化的尊严。在他那里,文化和科学永远是国家和民族的灵魂,是神圣的,不可侵犯的,古老的罗曼蒂克永远不会沉沦,他大声疾呼:投向文化之下!

是的,高尔基的"不合时宜",现在看来,便不再是不合时宜,这位伟大的文化巨匠,我们开始走进他的视野,开始探索、了解他的大胆、复杂、深邃、隐秘。因为在他的祖国,"被因一块面包而产生的不间断的敌意"的时代已经过去,痛定思痛,俄罗斯要感恩历史,它将一切真善美、假恶丑分析出来。那种人为的不间断的敌意,"在所有的时代和所有的民族那里都是由真实的科学、艺术的创造而得以减轻和淡化的,因为只有科学和艺术能使我们的野兽般的风气变得高尚。"

是时候了,放弃堂吉诃德愚昧的戎装吧,走向文化和科学的丛林。

1998年9月25日

"叮叮当当海棠花"

——略谈戏谚与戏谣

蒋星煜先生生前对我编写的《瓦舍谚话》一书,曾予以鼓励和指教,当我整理此书将要付梓时,油然而生对蒋星煜教授的怀念和敬意。他在为拙著所作的序言中说:"我曾有多年从事戏曲行政工作与古典戏曲研究工作,如今,看到刘克定先生所著《瓦舍谚话》,难免有一些想法、看法。

"我曾在一篇文章里谈到,关于元杂剧《金线池》的评论,一篇也没有见到,即使《金线池》在艺术性思想性上均不可取,也应该有批评文章,但批评的文章也没有,这就说明,戏剧评论的旗鼓,还不够威武,在戏曲研究很多领域,还找不到评论家的足迹。如戏曲历史研究、戏曲谚语研究,是戏曲发展过程中不可或缺的部分,尤其被称为'祖言'

的谚语,在戏曲艺术中起着非常重要的'潜法则'的作用,迄今已经上千年的历史,却很少有人从理论上加以研究。所以我读到刘克定《瓦舍谚话》的初稿时,是感到很高兴的。"

蒋老师还指出:"戏谚是语言学的一种,同时也是戏曲理论的一种。其内涵则非定下心来,仔细探索不可,否则难以窥见其奥秘。比之峨冠博带的论文,它具有通俗晓畅,言简意赅的特点,正如王国维先生所说'述事则如其口出也'。甚至不同的戏曲,其谚语在语言、内容、格式上又形态各异,颇似得心应手的工具。中国古代文学'率用古语',即使戏剧评论也不乏诘屈聱牙的文字,而作为戏剧谚语,不仅较多地用了里井俗语,而且兼用了少数民族语言、方言。尽管时代久远,完全是通俗语言版本,这就很有意思——这是一个值得探索研究的课题。"

"当然,戏谚的产生、流传自有其一定的时代背景,在庙会、草台班、科班盛行的日子里,戏谚也会同步盛行。故戏谚有相当浓厚的草根元素,也决不会出现莎士比亚或第一自我之类的人名、名词也。与'率用古文'的乐府相比,也是两码事。"

中国戏剧的发展,历史悠久,春秋时期就已经有歌舞祭祀典礼,类似现在的傩舞,人们一边跳,一边发出叫声,很有"百兽率舞"的味道,同时用手中的棍子敲打地面或身边的器物,发出响声,气氛很欢乐,据说孔子也亲自参加过这种活动。

到汉时出现皮影(与木偶同称傀儡戏),有话本说唱。真正产生戏剧是宋以后,受南戏的影响,演变成为有唱、有舞、有角色的杂剧。这个演变过程很复杂,既有宋大曲、金诸宫调、宋戏文的基因,也有傀儡(木偶)话本、皮影话本的基因,是个很复杂的剧种,所以称杂剧。但是不管怎么发展,以致后来出现不同地方的不同剧种,如京昆、越剧、湘昆、秦腔……其从艺的要求、艺术的特色、标准,都有一定的规律,也就是"把话说死",而这个"说死"的"话",就是戏剧谚语。

戏谚是长期积累的、约定俗成的"潜规则",也是从艺人的智慧结晶。从戏剧的特色、从艺的艰难、高难度的标准、艺术家人格、道德修养、表演(演奏)规范……积累成艺术圈内的"丛林法则",而这种法则,深入艺术家的心里,激励发奋努力。

如"南京到北京,人生艺不生","三年出个状元,十年出不了一个唱戏的","五年的胳膊十年的腿,二十年练不好一张嘴"、"七分锣鼓三分戏",

"千斤说白四两唱","眼大无神,庙里泥人","唱戏不动情,看戏不同情"等等。通俗易懂,易于记取、传诵。

"宁教艺压钱,不教钱压艺",艺术家不能眼里只有钱,艺术质量才是第一追求,也才有发展前途,一旦掉入钱眼,就没有了艺术家的好名声。

自古谣谚一家,清人杜文澜(1815—1881)的《古谣谚》把大量古籍中保存的上古至明代的谣谚汇编成集,堪称集大成之作。书中的谚语主要是关于农事活动、气象占验、地方风土以及各种社会生活经验等的内容。随着时代的演变,许多谣谚淘汰和演变,如"打好的媳妇揉白的面"、"人无横财不富,马无夜草不肥",等等,就带有明显的旧时代观念。

《尔雅·释乐》:"徒歌谓之谣"("曲合乐曰歌,徒歌曰谣")。没有伴奏,徒口吟唱或颂念有音韵、有节奏的歌词,就叫谣。谣与国计民生有密切关系,与戏剧也有一定渊源。

陕西童谣:"坡南出了个驴子欢(吕志谦,同州梆子的名艺人),一声都能吼破天。不唱戏,没盘缠,跟上李瞎子(李自成)过潼关。唱红了南京和燕山,不料一命丧外边。"概括了当红艺人吕志谦的流落一生,说他身怀绝技,因潦倒无着,跟着李自成过陕东,唱红半个中国,但再没有回到西北,客死他乡。这种童谣,说道艺人生平,属于戏谣。

再有:"东安安、西慢板,西安唱的好乱弹。一清二簧三秦腔,细腻不过碗碗儿腔。"

"三丑有特长,易俗社苏、马、汤"(苏牖氏,马平民,汤涤俗)。

如湖南的童谣《巴巴掌》:

"巴巴掌,葱油饼,又卖胭脂又卖粉,卖到长沙亏了本。你跳河,他跳井,买个挂脑壳(猪头肉)大家啃。啃又啃不动,丢到河里蹦咚咚!"

是江湖艺人流落四方的歌谣,形象、生动、活泼,谣随韵转,天马行空,极易传播。

湖南醴陵《思情鬼歌》歌词是:

"哎呀,我哩满哥哥鬼哒,喔嗬呀,昨哩(日)搭个信来,害得妹妹咿呀于嘿,又思情啦你只(zha)鬼哒!"

醴陵人说话有特点,常用"鬼"代指自己喜欢的人,越喜欢越骂得"毒","死鬼"、"砍脑壳鬼"、

"冤孽鬼"……说话常喜欢打"喔嗬",这首民谣,用的典型方言吟唱,表达了女子对"满哥哥"的喜爱和思念之情。

另一首童谣《扯白歌》,是草台戏谣,传唱甚广,几乎家喻户晓,连三岁儿童也知道"叮叮当当海棠花……"哇几句。

《扯白歌》的内容虽然"东扯葫芦西扯叶",不可理喻,这种反逻辑的手法抖出的笑料,让听者开怀大笑,但笑过之后细细琢磨,明白许多道理。诙谐幽默,加上口语化,通俗化,朗朗上口,易于传唱,以致不胫而走,飞入寻常百姓家。

如对封建包办婚姻拜堂的嘲讽,让人忍俊不禁:

"……新娘子有哒二十四,新郎公还穿开裆裤。堂屋里下轿拜祖宗,床底下跑出新郎公。三班鼓乐来喊礼,新郎公地下玩蚂蚁。晚上夫妻睡一床,新郎公冒得一枕头长。半夜三更要吃奶,揭开被子屙湿了床。几个嘴巴心肝妹子哟抽下床哪,叮叮当当海棠花。十指尖尖伊呀伊子哟,唉唉哟我是你的堂客,不是你的娘哪叮叮当当海棠花!"

有浓郁的民谣风,最初在草台演唱,后来传到民间。

2016 年 12 月 22 日

荆公何以归隐

战国时期的孟尝君是个养士大户，收养门客数千，管吃管住，免费招待。不过待遇有不同：上等门客有鱼肉吃，出门有车坐，还照顾家属吃喝；二等的稍次；三等的大抵只吃上萝卜白菜。所以齐人冯谖为此闹情绪，抱怨"食无鱼"、"出无车"、"母亲无人照顾"云云，孟尝君赶紧酌情解决。

平原君养士也不少，其中有个瘸腿门客，每天到井边打水，一瘸一瘸，水花四溅，引起楼上女侍发笑。瘸腿门客忍不下这口气，不辞而别了。平原君知道后，感觉很没面子，硬是杀了女侍，找到瘸腿门客，登门谢罪，把他接回来。可见当时的养士也是一种竞争，虽然还谈不上尊重人才、使用人才，收养的也不一定都是冯谖、范蠡那样的"锥处囊中"的人物，但不管怎么说，在当时的生产关系条件下,养士也是一种人才生态环境。比如"鸡鸣狗盗"的故事,就说明门客运用一技之长,搭救了一次孟尝君。

很多年以后的王安石,对孟尝君提出批评:"擅齐之强,得一士焉,宜可以南面而制秦,尚取鸡鸣狗盗之力哉。"(《读孟尝君传》)意思是靠这种鸡鸣狗盗,从后门脱险,是非常侥幸的,以齐国的条件,如果养一个真正的"士"(大才、专才),好好发挥他的作用,完全可以与秦国抗衡,也不用靠这些市井之徒,去装鸡仿狗,"蒙混过关",简直掉尽了价。

王安石批评孟尝君因小失大。孟尝君当时也有他的难处,他若有知,会说王安石站着说话不腰疼。但王安石的"人才效益观"却可供现在人们学习。人多,在某些时候是一种优势,但智力优势不一定靠人多,而是靠人才素质。三个臭皮匠,抵个诸葛亮。如果是三个诸葛亮,那就产生无法估量的效益。齐国的强盛,虽然门客尽此一报,难能可贵,但用好大才专才,效益更高。

王安石的"人才效益观",有一定的道理,搞大呼隆,难免培养一批阿混出来。但必须看到,王安石自己在用人方面,也没有跳出片面的窠臼。比如他推荐的吕惠卿、邓绾,都是先以同道的面目出现,"意多所合",俨然大才,加上吹吹捧捧,取得荆公信任,得以参与新法颁行工作。但在新法失败以后,吕惠卿有了权,便忌安石重出,极尽阻挠之能事,王安石这才深悔为其所误,只得罢相归隐;乃至于以后的蔡确、章惇、蔡京,更是一个不如一个了。

王安石的智力效益观,孟尝君没有也不可能想到。而王安石所谓"大才"、"专才"效益,结果事实证明,也欠周详。有的人并非真正的同道,对这样的"士",又如何先考察,再委以兵马之重,王安石也没能想到。到深悔为其所误时,太大的代价,已经从账上划出去了。

2016 年 9 月 19 日

断想三则

一

晏子是齐国的高官，他不住官邸，要住普通的民房，并且要住在贫民区。齐景公劝他住进官邸，远离市嚣，他不干。后来晏子出差，齐景公趁机在环境优雅的地方给他盖了一栋很阔气的官邸，等他回来住进去。晏子经不住齐景公劝说，勉强住了进去，但住了不多久，他觉得不习惯，又回到陋巷，并且将新官邸拆掉，把材料用来恢复所住民房原貌。齐景公为此大怒，骂这个晏子不识抬举。

像晏子这样范儿的官员，历代都有，并不少。孔子劝颜回去当官，说当官有身价，不至于住在陋巷里。颜回说，陋巷没有什么不好，学生衣食无虞,鼓琴放歌,很快乐,不当官。孔子很高兴,说你的选择很好。

《金瓶梅》里说,蔡京做寿,西门庆送十万寿礼,派亲信押解进京。蔡京打开礼簿,看得眼花缭乱,心中欢喜,因道:"礼物我故收了累次,承你主人费心,无物可伸,如何是好?你主人身上可有甚官役?"于是透露说,皇上正好给了他几个"指标",可以解决这个问题。解押之人耳目灵光,一听便知,立即向西门庆转达信息。

蔡京把做官当作做买卖,把乌纱商品化,并且乌纱有大小之分,戴的时间有长短之分,全仗"送礼"的多少而定。"一介乡民"的西门庆,就是这样子当上了提刑所的提刑官,副处待遇,连押送寿礼的亲戚也伴龙得雨,当了小科长。而西门庆是否称职,有没有干提刑的才能,蔡大人可就管不了那么多,反正说你行不行也行,一时间导致因人设事,冠盖如云。

看来,在当官的问题上,意识也是各有不同的。

意识的不同,反映仕途坎坷,清者自清,浊者自浊。

仕途坎坷,又反映官制腐败,捡到篮子里都成了"菜"。

二

中国古代,官职上万,相当复杂,选官制度也不一而足。

选官主要通过考试,还有向名士和重臣们投卷(送上自己的代表作),请他们择优向朝廷推荐,获得启用。但兴一利必生一弊,一时间弄虚作假、欺世盗名者浑水摸鱼,"投卷"也就流于形式,弊端百出。

想当官的人中,有动机不纯的,跑官,要官,甚至买官,"钱货两清",至今不乏其人。买官者的官意识,无非是买权,投机而已。

也有不想当官的,去当隐士,蒋星煜先生的《中国隐士与中国文化》说有的隐士,不想当官,或隐姓埋名,或不露行迹,玩人间蒸发。现在有些人说,这是逃避现实。究其隐情,不能一概而论。那时候,官场贪腐,使一些读书人空有报国之志,很失望,只好隐居林麓,寄情山水。有的则看淡人生,笃信羽化登仙,偏处一隅,青灯黄卷,吐纳清虚;有的怀才不遇,"玉在椟中求善价,钗于奁内待时飞";有的受挤迫,边缘化,于是拂袖而去……不一而足。一辈子隐下去,终老林麓有之;隐半截子,后来又坐轿子到朝廷做官有之;坐在山中,收点"小费",给皇帝出谋划策有之……修成正果,羽化成仙的,总之还未见。

话说回来,中国古代官场,也并非漆黑如夜,所谓泾渭分明,正派人也还是有的。江西浮梁县衙还保存着一副对联:"得一官不荣,失一官不辱,勿说一官无用,地方全靠一官;吃百姓之饭,穿百姓之衣,莫道百姓可欺,自己也是百姓"。意即不论官阶高低,也不论"资历""学历"深浅,都是来自老百姓,都要为老百姓办事,不能环境地位变了,人也跟着变。这种正气,古代官场不乏其人,晏子就是一个。当然,有的官员正事不干,搞歪门邪道,贪污腐败,当"红顶中介",捞取好处,或充当邪恶势力的保护伞,欺压百姓,或权力旁落,家人亲属说了算,自己装聋作哑,百姓看在眼里,恨在心里,久之便形成各种不同"官"意识,出现分道扬镳,人才流失。

三

古代读书人,十载寒窗,就是奔科考、贡试,虽然择优录取,但那时候没有组织考察,很有些是当朝炙手可热的"领导"推荐,德行和官意识往往良莠不齐,鱼龙混杂,何谓清,何谓浊,多少读书人搞不清楚,只从旧戏里略知一二,骂几句完事。还知道住官邸是官大的,像晏子那样住民房是"个别现象"。官小的,叫"芝麻官",人数众多,有好"芝麻",也有滥"芝麻",有的真把自己"小民"化,思想落后,不思上进,甚至偷鸡摸狗,不如一个百姓的觉悟,这就是那对联里所批评的。

国家兴亡,匹夫有责,干部队伍的建设,事关国计民生,马虎不得,"主管部门"可谓殚精竭虑。没有官不行,这么大的国家,这么多事情,"勿说一官无用,地方全靠一官",但老百姓的希望就是多出好官,少出赖官,但不容易,与官制和官意识有关。中国的官多,好官多还是赖官多?如果说任何时候都是九个指头和一个指头的关系,未免不切实际,不能打这个包票。但是可以这么说:中国在进步,会出好官,好官会越来越多。

2015 年 10 月 19 日

粥香可爱贫方觉

苏东坡被卷入乌台诗案，发配南方，"心似已灰之木，身如不系之舟。问汝平生功业，黄州惠州儋州"，在黄州、惠州、潮州、儋州等地客居，这一趟转悠，不仅尝到了荔枝的美味，还知道南方的稀粥非常好吃。

到了惠州，有各种肉粥、菜粥，堪为美食。而潮州的粥，也是很有名的，苏轼访潮州，夜饥甚，吴子野劝食白粥，说是能推陈致新，利膈益胃。这吴子野，名复古，潮州人，与写《粥记》的张文潜，同是是苏东坡的好朋友。到了潮州，吴子野自然推荐苏东坡食粥。

"粥香可爱贫方觉，睡味无穷老始知"，这是陆游的诗，真是至理，粥的真正美味，只有到贫困时，才品尝得出来。

曹雪芹写《红楼梦》，贫困到"举家食粥酒常赊"，家徒四壁，捉襟见肘！宁荣二府里那宴席排场，让多少读者和研究者看得垂涎，竟然是他饥肠辘辘时写出来的！范仲淹二岁而孤，寄人篱下，啖粥而读。后来文章黼黻，做了官，还是很简朴，食不重肉，全家衣食仅自足而已。

苏东坡潮州食粥，大发感慨："粥既快美，粥后一觉，妙不可言也。"苏轼的"美食品评"，自然与曹雪芹的感受是不同的。

曹雪芹倒是可与三国的臧洪共鸣，臧洪当青州刺史时，为袁绍所围，粮食吃完了，厨师那儿只剩下三斗米了，主簿取了一点点米煮成稠粥，让洪吃饱，好指挥战斗。洪端着粥，叹息说，吾独食此何味！命主簿将粥加水煮成稀粥，与大家一起吃。

同样食粥，心情不一样，味道感受也大异其趣。

"今人终日食粥，不知其妙。迨病中食之，觉与脏腑相宜，迥非他物之所能及也。"这是清朝名医汪昂的论断，他认为粥是养生的好东西，尤其对病人，是很好的食疗，对老人也是极好的食补。这是从养生的角度，对粥的又一种吃法。

元人张安定"每晨起，食粥一大碗。空腹胃虚，谷气便作，所补不细。又极柔腻，与肠腑相得，最为饮食之良",活了一百零五岁,当地人为他建了眉寿坊,这在福建方志里有记载,张文潜的《粥记》里也曾提到。

食粥养生,施粥救灾,自然而然,任何事情,刻意为之,反而难以如愿。因地制宜,因人制宜,才能渐趋佳境;左右其事,反而画虎类犬。有云:简寂观出苦笋,而味反甜。归宗寺造咸䪲,而味反淡,佐粥无味。山中人语曰:"简寂观前甜苦笋,归宗寺里淡腌䪲。"何故?强扭的瓜不甜。

古代荒年,有富裕人家架起大锅,从早到晚煮粥布施,这情景在电影里还可见到。记得上世纪六十年代也闹过一场饥荒,但没有人敢出来施粥。因"公私合营"后,大家都做"自食其力劳动者",即使还有点能力,想赈济,也不敢去当那出头椽子。街旁偶也有粥档,但要掏钱买,贵得很,喝不起,那不叫赈济,与苏轼的"粥既快美,粥后一觉,妙不可言也"更不可同日而语。

2010 年 10 月 20 日

"狗不咬"乡长

有一件事,使我好几年都难以忘怀。也就是"考研"最热的那年头,忽然从报纸上读到一则新闻:上海市有个区的副区长,分管民政工作,常常下基层,而基层单位大都是福利院、救助站、养老院……与聋哑人沟通时,就遇到了语言障碍。为了直接了解聋哑人的疾苦,更加贴近这些残疾人的心,他花了许多的时间向人请教哑语,并且很快"毕业"。下福利院、救助站,遇到聋哑人,他就直接用哑语和他们对话,不借助翻译。而聋哑人有什么问题,也直接去找他反映。虽然我未能记住这位区干部的姓名,但我很为他的实干好学精神所感动。虽然学哑语比"考研"难度小得多,对功名前程也无多大用处,尤其一个副区长级干部,也大可坐在办公室,听电话汇报,有时间去学点外语。但他没有这样做。他懂得作为主管民政工作的领导,不学好哑语,就等于没有掌握打开聋哑人心灵的钥匙,这把钥匙不掌握,当"衙斋卧听萧萧竹"时,就听不出"疑是民间疾苦声",至少听得不很真切。

几乎在看到这则新闻的同时,我还听说一件事,某乡乡长去世,上级组织部门要物色一位新乡长,原有的两位副乡长均不理想,而乡长秘书,论资历、经验,均赶不上两位副乡长,但这个秘书有个特点却为两个副乡长所不及:他走遍这个乡,十里不闻犬吠。因为他常下基层,和村民关系很亲近,常给村民读报、写信、写对联,村民有事都找他诉说诉说,连狗都熟悉他的身影脚步。经过考察摸底,上级把这个"狗不咬"的小秘书定为乡长人选。这个"不闻犬吠"很不简单,说明老百姓了解他,喜欢他,也说明他掌握了开启这个乡村民心灵的钥匙。

两件事似乎并没有什么必然的关联,但是给发现人才和使用人才,提供了很好的范本。现在用人,标准很高,看学历、看职称、还看资历、年龄、来头,就连一个从事糖果包装的街道小企业,用工也讲高学历,非本科以上不要,贪大求洋,不是为了解决实际问题。

门槛太高,章程太旧,并不合乎中国的实情,中国的实情是:既需要制造火箭、卫星、高铁、潜艇的高端人才,也需要大量解决实际难题的专业人才。学习也是如此,古代的圣贤告诫要学以致用,并说学习有好几种类型:一种是用以充实自己,使自己成为一个有用于社会的人,这叫"君子之学";而为自己的功名富贵而学,上不能报效国家,下不能为群众办实事,只会在平庸的人前背诵所学的平庸的教条,则不免为陋儒,叫"陋俗之学";还有为炫耀自己而学,以所学得一星半点东西来傲人,谓之"小人之学"。可见学亦有道,立志要高,"路头一差,愈骛愈远",其学只能是下下乘。有胸襟,有方向,解决实际问题,哪怕是涓埃之学,都是值得鼓励、值得称道的"君子之学"。考察任用人才,以及人才自身的学习,都应当从中国的实际出发,切不可去追求那些没有实际价值的虚名。

有些出国留学、游学、访学、进修归来的人士,称之"海归",将自己的所学,用来报效祖国,这是值得鼓励的,一些地方也给他们许多优惠的政策。但常年在平凡的岗位,根据实际需要,学习一些实际的知识,用以解决实际问题,应该说,这样的栋梁之才,各地都有,可惜多被等闲视之。像"狗不咬"乡长,不考研而学手语的民政局副局长,是从报章上见到的,可见现时还只是新闻而已。

2016年1月15日

弄 臣

意大利 G. 威尔第创作的歌剧《弄臣》,是根据 V. 维克多·雨果的讽刺戏剧《国王寻欢作乐》改编。剧中主人公里戈莱托貌丑背驼,在宫廷里当一名弄臣,里戈莱托常为花花公爵出点子,帮他干勾引朝臣妻女的勾当,引起众怒。

弄臣,是古代宫廷中以插科打诨来为国王消烦解闷的人物,如中国的东方朔、邓通、和珅等等,由于狎昵、亲近,往往得到皇上的宠顾,在宫里可以为所欲为,飞扬跋扈。汉代的邓通,驾船出身,有点小聪明,当了汉文帝的弄臣,文帝让他到四川去"开发"一个矿山,私铸铜币,发了横财。丞相申屠嘉以欺君罪将邓通关押审查。此事让文帝知道了,文帝说:"此人是我的弄卿,放了他!"文帝甘愿让邓通欺弄,申丞相纵有一腔正气,夫复何言?

和珅，原名善保，字致斋，钮祜禄氏，满洲正红旗二甲喇人。曾兼任多职，为皇上宠信之极，"官阶之高，管事之广，兼职之多，权势之大，清朝罕有"。后被嘉庆皇帝赐死。

当弄臣是很累的，察言观色，反应敏捷，随机应变，依违两可，八面玲珑，方混得这碗饭吃。为讨一人欢颜，劳心日拙，如何不累？但就是这累活、脏活、窝囊活，总有人愿意去干，并且"前仆后继"，原因是有"奔头"，有利可图。

"和珅跌倒，嘉庆吃饱"，服侍乾隆多年，后来成了巨富，这是历史事实。一方面，皇上给他机会发财，同时他又打着皇上的旗号，到处横征暴敛，以肥私囊，因为是"亲近狎暱之臣"，要查处也不容易，谁敢去当那个傻瓜？皇帝屁股上有多少屎，只有和珅最清楚，所以皇上非保他不可，保和珅就是保自己。

这就是当"弄臣"的人的"聪明"。

封建社会，有些官员很高兴陪上级吃喝玩乐，领导一光临，马上出点子组织安排活动：钓鱼、跳舞、游山玩水、出国观光、吃特产风味、"放松放松"……甚至亲自当向导，亲自陪酒。机关算尽，多是为了自己的"小九九"。因为"陪"，才有亲近狎暱的机会，一亲近，就可以无话不说，可以出馊主意，可以进谗害人，可以献媚讨好，可以牟取私利。而有的官员也就任其摆布，言听计从。这种帮闲者，在一些机关、一些政务活动中"大显身手"，吃喝花的是公款，捞得好处是自己的，谁中他的招，谁就落马，是典型的害群之马，害国之瘤。

对这种"帮闲者"，必须警惕，不可大意。

林则徐南下禁烟时，向沿途各地官衙发出"传牌"，就是一种警惕：此行"并无随带官员供事书吏，惟顶马一弁、跟丁六名、厨丁小夫共三名，俱系随身行走，并无前站后站之人"，"所坐大轿一乘，自雇轿夫十二名，所带行李，自雇大车二辆、轿车一辆，不许在各驿站索取丝毫，该州县亦不必另雇轿夫迎接。"同时要求"所有类尖宿、公馆，只用家常饭菜，不必备办整桌酒席，尤不得用燕窝烧烤，以节靡费"，要求各地不派官员，不迎来送往，不要赞助。并称这个"传牌"实际上就是命令。

林则徐声称自己是地方官奉命出差，不是中央政府的大员，并且深知各州县驿站在这方面所受之累。

这个传牌，宣示一种正气，为后人立了一个好规矩，堵死了帮闲之门。提醒人们对以供"亲近狎玩"为能事者保持高度警觉，真正做到"其身正，不令而行"(《论语·子路篇》)其身正，"帮闲"者难以施其伎。

现在的人，真正像林文忠公那样整天为工作奔走无暇的，实在不是太多，即使天天出差，也有他"放松放松"的时候，这样一来，帮闲者的财路总还断不了。至于"工作任务不多"，"粥少僧多"的地方，就更是帮闲者"业务忙碌"的天地。于是休闲、会所、旅游、聚会、做寿、扫货、享受异国情调、吃各地特产……谓之"时尚"、"放松"，甚至缀上一个冠冕堂皇的由头。而有这个"由头"，又有这个"钱"，更有这个"闲"，除了让戈莱托高兴，还有什么？所以，帮闲一多，见怪不怪，也就无人齿及了。

2016 年 6 月 29 日

"座次学"与"冷板凳"

旧时到戏院买戏票,票房便向你出示座次表,请你点座,要几排几号,到时候对号入座。有时你所要的座位被别人订了,就得将就别的座位。

看一场戏,无非两个多钟头,座位舒适与否,就那两个钟头的事情,像坐公共汽车一样,到站就下了,一般不会再去计较刚才的座位是不是舒适。

读唐诗宋词,可以知道封建社会对官场座次的讲究。陆游的"位卑未敢忘忧国,事定犹须待阖棺",认为不应计较位高位卑,关键是要忧国忧民,在这个问题上,干得好坏,到盖棺才可卜结论。范仲淹的"居庙堂之高,则忧其民,处江湖之远,则忧其君",也强调"位置"观念,也是把忧国忧民放在第一位,"苟利国家生死以,岂因祸福趋避之",不管坐在什么位子上,都应该有担当的精神。

以"位"论人,不是实事求是的态度,这不是看戏,座位也不能由自己订;既然坐上去了,就得把事情做好,对得起这个"位子",怎么说也不是三两个钟头的事。但是问题复杂就复杂在不同的位子有不同的待遇,不同的表现。"居庙堂之高"与"处江湖之远",差别很大,至于包厢,位置更优雅,舒适,但坐包厢的,是有不同身份的,那身份虚实的不同,也千差万别,有"国学家"、"泰斗"、"大师"、"国宝"……坐的时间也非两三个钟头,而是坐到"阖棺",受用终生,一直到呜呼尚飨,因而"不管是活着还是死了,都是一位快乐的名流",而在其遗箧中,到死也找不出一句密号真言。

我敬仰钱锺书先生一生淡泊,艰苦著书,矢志追求的是事业,而不是什么虚名虚位,也不争当"国宝"。钱老的这种境界,确是一种人生的美景。人的地位(更主要的是历史地位)是在阖棺之后,但取定还是在阖棺之前,现在即使坐点冷板凳,阖棺后,历史将有公允的评价。

英国作家约翰·高尔斯华绥(Hohn Galsworthy)的小说《品质》里写了一个皮匠,他不管什么时候,总是要求自己"把鞋子的本质缝到靴子里去",他坐在马扎上,不易寒暑,呵冻挥汗,甚至宁愿捐弃功利,也要用最好的皮革做最好的靴子奉献给人类。那种执著,那种诚信,时刻提醒人们,做人也和做鞋一样,要把民族的伟大传统、人的优秀品质"编织"到工作里面去。在这个社会,马扎的座次,算是很低的了,但补鞋匠坐了一辈子,那热度永远留在了位子上。

佛界主张超脱。超脱不是坏事,六根清净,一心搞事业,有什么不好?这里当然不是劝人们去出家,说的是心境的超脱,有事业心,心无旁骛,堪称难能可贵,倘对虚位讲究太多,就很难超脱得了。

2016 年 7 月 26 日

"当时枉杀毛延寿"

竟宁元年(公元前三三年),匈奴呼韩邪单于来朝,表示要娶汉女为妻,两国结亲,永远修好,元帝答应他的请求,将后宫待召的王昭君嫁给了他。

在当时采用这种结亲的方式,搞好双边关系,实现民族统一,应该说是一个创举,是件好事。但是据野史说,元帝之所以将昭君嫁给呼韩邪,是因为听说她长得丑陋——然而也只是"听说"而已,并未亲见。那时候,元帝从后宫选美,并不是亲自去挨个儿挑,而全凭当时的画匠毛延寿画像取定。据说毛延寿贪财索贿,欺上瞒下,送了钱财的,就被画得好看些,反之则"恶图之",送到元帝那儿,害得人家宫女永不得见天日。王昭君自恃其貌,没给毛延寿"烧香",结果被画得丑陋不堪,骗了元帝,落得幽禁后宫多年。这天,昭君要走了,奉召去见元帝,一见面,元帝才发现王昭君非常美丽,光彩照人,悚动左右,与画像完全对不上号,气悔之下,穷究作弊之人,将毛延寿推到市上杀了。

既然已经答应呼韩邪单于,不能反悔,元帝怅憾不已,只得忍痛割爱,打点金银珠玉,送别昭君。

故事出自《西京杂记》,正史中并无此一段公案。毛延寿"砍"了一千多年了,据说他死后,有人从他家里搜查出家资巨万,全是勒索来的不义之财;他留给后人的不是艺术作品,而是贪贿、堕落、害人的骂名,为历史上正直的文艺家所不齿。时隔已久,也只是姑妄言之,姑妄听之。

历史上对此评价也并不一致。王安石《明妃曲二首》里就有"意态由来画不成,当时枉杀毛延寿",认为毛延寿死得很冤。他认为画像是一门艺术,要把生活中人的"意态"丝毫不差地表现在纸上并不容易,特别是"意",也就是气质、内涵,表达完美,需要高超的技巧和修养。一个画匠连白描的功底都不一定掌握,王昭君(包括其他宫女)是美是丑,他即使不"恶图之",恐怕也难真实地"图"出来。汉元帝的昏聩,由此可见一斑。而昭君因为这一点,成了"爱国"使者,民族和睦的楷模。

一个汉宫侍女,忠君嫁胡,不一定很情愿,"明妃初出汉宫时,泪湿春风鬓脚垂","君不见咫尺长门闭阿娇,人生失意无南北",虽不情愿,也还属于忠君之类,何况"汉恩自浅胡恩深,人生乐在相知心。"(《明妃曲二首》)呼韩邪单于待她恩厚,远过元帝。

昭君与屈原命运稍似,昭君有怨,屈原有愤,昭君"侨居"毡城,屈原哀郢沉湘。昭君是元帝"派"去"和番"的,可谓忠操,现在叫"爱国",勉强说得过去。而屈原却不是"忠君",而是抱怨楚王而行吟泽畔,隐居橘园,最后投入汨罗江。所以说他是哀楚而非爱楚,以后又演化说是"爱国",就更没有根据。好在"可怜青冢已芜没,尚有哀弦留至今。"(《同上》)白纸黑字的史料,可以征阅。

2016 年 8 月 24 日

"五合章"传奇

数年前,贵州省锦屏县平秋镇圭叶村将刻有"平秋镇圭叶村民主理财小组审核"字样的印章分为五瓣,分别由四名村民代表和一名党支部委员保管,村里的开销须经他们中至少三人同意后,才可将其合并起来盖章,盖了章的发票才可入账报销。

据记者说,他见到这枚五块楔形木块组成的圆章,上面分别写着"平秋镇""圭叶村""民主理""财小组""审核"字样。使用时,需将五个楔形木块合并后组成一枚完整的公章。这枚"五合章"是村民对村里的财务开支质疑,逼出来的。

这种"合符"制度,并不是新发明,在几千年前,也曾有过。郭沫若先生写过一部《虎符》的剧本,在谈到剧本中的虎符时,就说到:

"虎符这种东西,没有点古器物学识的人是不能想象的。那不是后来的所谓安胎灵符之类在纸上画的一个老虎,而是一种伏虎形的青铜器,不大,只有二三寸来往长。战国及秦汉就靠着这种东西调兵遣将。照例是对剖为二,剖面有齿嵌合,腹部中空。背上有文,有的是把文字也对剖为二,有的分书在两边,大抵是错金书。所谓错金书者是说把字刻成之后,另外灌以别种金属,再打磨平滑,文与质异色,异常的鲜明。留存于世的,以半边为多,因为是分开使用,一半在朝内,一半在朝外,自然很难得有两半都留存了下来的。"

(《虎符·写作缘起》)

虎符也叫兵符,是古代权力的象征,由皇帝颁授。两半"合符",验证无误,才发生效力。避免假传圣旨,谎报军情。但"合符"的制度还是有漏洞,如果完美无缺的话,就不会出现信陵君、如姬盗符的故事,可见并不是万无一失。

"五合章"与虎符做法大致相同,它反映了今天的村民对民主的需求,村党支部书记谭洪源说："民主是为实现大家的意愿。"看来他认为把公章一分为五,是为了实现大家的意愿,是一种政治智慧。比签字、按手印、印玺独揽,确是朝文明、透明、廉明进了一步,尽管方式上比较原始,但村里眼下没有其他更好的办法,村民的智慧达到这个水平,实属难能。这种智慧,将民主直接用于财务管理权的"制衡",实行五权分立,集体决策,透明管理,民主监督,所发生的作用,是不可低估的,就一个小小村落来说,是一场革命。起码能使村民真正行使民主权利,不再担心集体的资金被人贪污挪用还堂而皇之"盖章生效"或白条子满天飞。

记得当年锦屏县纪委曾下发文件,要在全县农村学习推行"五合章"理财办法。是否有必要把所有的公章都做成"五合"、"六合"……甚至更多,像花瓣一样?再搞个"错金书",连字也对剖为二,然后像虎符那样"剖面有齿嵌合",可装可卸,类似变形金刚?大可商榷。我当然不知道县财政局是否把公章劈成"五合章",更不知省财政厅是否也起而效法?也许这个文件是个应景之作,表示县委县政府"极其重视,支持民主管理",如此而已。对圭叶村这种政治智慧,他们究竟打多少分,似乎含糊其辞,事实上,究竟给多少分,也是对当地领导"政治智慧"的考验。

一枚公章,劈成五瓣,实是不得已而为之,如果村里有一个有效的监督机制,这个新闻本不该发生的。而当地官员如能"闻一而知十",从管理机制上找出弊端,摈弃旧的审批程序,章子盖得可信,盖得光明,变暗箱操作为阳光运行,使老百姓真正有行使民主监督的权利,也才算真正学到"五合章"的政治智慧。

"五合章"用在监管机制上,有一定的作用,的确是一种政治智慧。但在"市场化"的今天,这个"专利"就被人家拿走了,被"人事学"专家们开发研究,并产生了经济效益:如所有大学颁发的毕业证、学位证,都要送到人才市场"验证"盖章,收费二百多元,加急(最快十天,不加急二十天)另加二百元,总共近五百元。五百元买一张盖了章的"验证"纸,毕业证、学位证才算"开光",单位才敢录用,"五合章"效应发挥了巨大的经济"正能量"。学子们很穷,提出意见:何不所有大学的毕业证和学位证,改由人才市场"验证"机关直接颁发,统一盖章,也好给学子们省几个饭钱?他们哪知道,那样一来,"人才市场"岂不喝西北风?这个"合符"的"智慧",说什么也不能变!

此外，你没听说过，进"人才大市场"，结了婚要交结婚证，没有结婚的也要办"未婚证"，离了婚还未结婚要办"无婚证"，还要"你爸妈是你爸妈"证……这些证外证，到某市一个指定地点缴费盖章，在"人才交易"程序中才生效。"未婚证"如何"证明"未婚？"无婚证"如何"证明"鳏夫寡妇？你爸妈是不是你爸妈？这与用人有多大关系？严格地说，与计划生育有何直接关系？这可不是天方夜谭，少一个"章"就别想找饭碗。

"五合章"之所以成为新闻，说明随着经济的发展，老百姓对经济民主的希求越来越高，也说明有些地方民主的空气还很稀薄，机制不健全，"条子文化""面子文化"成气候，逼出来这种经济革命，但又毕竟是很幼稚的"革命"，但很快被"市场"所利用，成了"转基因"的东西，你不得不佩服市场经纪人抓"创收"的"经济智慧"。

看起来，"盖章生效"似已成为一种"共识"，其实揭开来看，不过是给不能生效的行为行了一个方便，多少圆圆的红印掩盖着的是贪污腐败、作科犯罪、买官卖官的内核。而揭去这层"外膜"，看看内核，并不容易，革命的思想家们作过多少努力，收效甚微。圭叶村将公章一劈为五，也算揭去这外膜的一个做法，尽管还显得稚嫩、原始，也不失为民主这个新生儿的安胎灵符。

           2015 年 2 月 12 日

人生识字糊涂始

"人生识字糊涂始",琢磨这话的意思,好像人的糊涂,是从识得几个字开始,不识字倒会明白事理。这个"糊涂",大概是指的"书呆子气",并不是真正"脑残"。

那么,不识字,但会说话,总会使人明白吧!也不见得。

说话是不必打底稿的,冲口而出,说过就"蒸发"了,即使听者有心,也不一定记得很全(刻意录音除外),往往说者无意,听者有心,造成误会,闹出案子,这才抱怨"口没遮拦"。所以先人总是嘱咐,是非只因多开口,少说话,不说话,没人说你是哑巴。仔细想想,很有道理。说话是人生的第一课,远在识字之前。但先辈们似乎并不希望人们太会说话,告诫"敏于事而讷于言","食不言睡不语",嘴巴上了"锁",才被认为"可靠"。

可见,说话学问很大,我认为比识字难。

一是声调,声高是说,声低也是说,往往有理不在声高,声音低些说,似乎更能把道理说明白,使人易于接受。但有时也提高声调,加重语气。拿破仑在他的讲稿上就提醒自己"此处论据不足,要提高声调",可以突出重点,先声夺人。

二是说话也要精炼,不要一天到晚唠唠叨叨,说个没完,使听者厌烦。当老师,诲人不倦,另当别论。但夫子说,诲人也讲究方法,像敲钟一样,敲一下响一声,敲而不响是保守,不敲而响是唠叨,"人之患好为人师也",坐而论道,胡说八道,也不管人家听不听。

更高的层次,当然是说真话,不说假话。关于"说真话"的话题很多。

官员有官员的真话,商人有商人的真话,莎士比亚的《威尼斯商人》里,高利贷者夏洛克借给威尼斯商人安东尼奥三千金币,借据注明:借期三月,如期满还不上钱,就从安东尼奥身上割下一磅肉抵债。这大概是夏洛克难得的一句真话。夏洛克这句真话,和这几年商品社会的人际交往,所见所闻,怎么总是那么怪耳熟?

有位领导下基层时,向基层老百姓表态说:以后有何困难,直接找他反映,并当场给群众留下自己的手机号码,此举使在场群众感动。但他回到办公室以后,手机一直没开过,基层有事找他,怎么也打不通。原来他这个手机挂在腰间是做做样子的,从不开机。实际上他的公文包里,另有两部手机是开着的,一部是与上级联系的,二十四小时"恭候起居",还有一部是与酒肉朋友联系,赶饭局、约会用的,在家关机,出门开机,三部手机,各有用场,这就叫同而不和,手机再多也听不到他一句真心话。老百姓当然也就不会向这种人掏"心"掏"肺"了,那手机号码也无人拨打,还送他一个"雅称":"没一句话可信。"

可见,说真话是不容易的,不无中生有,不指鹿为马,不胡编乱造,不文过饰非。说到底,还是人要老实、正派,三个铜钱摆两处,一是一,二是二。

真话究竟是什么话呢?先人说"言为心声",照这个意思解释,真话就是心里话。孔子批评"小人同而不和",骨子里另搞一套,嘴上却一味附和,一开口就是假。曾子说"吾日三省吾身",其中就有"与朋友交而不信乎?""信"者,信用,讲真心话,办老实事。"不知言,无以知其人","听其言,观其行","视其所以,观其所由,察其所安",这么一考察,就能了解一个人。如果绕了半天弯子,不说一句真话,其心如深井,谁敢相信此人?

说假话的人,总是与老百姓同而不和,所谓"人心隔肚皮",加上说假话,隔得就更远,甚至拒人千里之外,怎么会说真话?又怎么听得到真话?

人生识字糊涂始,说话也不能瞎哇哇。

2015 年 12 月 15 日

杜周的"诺诺"

"千人之诺诺,不如一士之谔谔。"(《史记·商君传》)谔谔,挺立貌,又作直言争辩。而诺诺,回应之声。《韩诗外传》卷七:"众人之唯唯,不若直士之谔谔。"后来就把唯唯诺诺作为应声之词。也有说"唯唯"是比较快的回应,如对父母教导,答以"唯唯",犹言"是是。"而场面上的回应,即称"诺诺"。

总而言之,谔谔是直言貌,而诺诺是回应之声。这两个形容词颇值得玩味。

谔谔是正言批评,《晋书·傅玄传论》:"抗辞正色,补阙弼违,谔谔当朝,不忝其职者矣。"敢于伸张正气,一派谔谔的气度,个人得失无所顾忌,敢于担当,实际上是一种精神风貌,英雄气概。而诺诺则是一种声气,服服帖帖,这种人,有的只是

"诺诺"的媚态,奴态,对顶头上司,只有诺声,而无正气,更别指望他有谔谔之铮骨。

谔谔之士,不畏权贵,刚正不阿,铁骨铮铮,表里如一,被归有光称赞为"持正之士谔谔"(《送吴纯甫先生会试序》)。

十多年前,看电视剧《司马迁》,虽拍得不是很完美,但有一些对话和情节很生动。如司马迁被冤下狱,即将被处以宫刑,身为酷吏的杜周以"同窗"的身份去"看望"他,对司马迁作了一番"开导",可谓"语重心长"。片中"原话"没有记录,大意是"你老先生不看场合,想说就说,现在闯下大祸,如何收拾!你作为史官,树敌切勿过多!孔子著春秋,提倡为尊者讳的曲笔,万望放在心上!为人处世,不可一味地直,有时也得圆!我身为要官,尚且每天小心谨慎,不敢有万一的疏忽,不敢随便发表意见,可你……"

这一番话,是告诉司马迁,会做官还不行,还得会做"人",要面面俱到,不能老是"谔谔",有很多时候,是需要"诺诺"的;不要轻易发表"高见",不要狗拿耗子;要善于察言观色,分辨风向;只有唯唯诺诺,使上级用你时有一种顺适感,而不感到你是个"刺头"、"意见箱"。把这个"人"做好了,"官"也就做稳当了。

话虽只几句,"学问"还是很深的,对"谔谔"和"诺诺",现身说法,解释很深透了。杜周对此有研究,司马迁不如他,比如迎来送往,察言观色,表里参透,背景探索,心理揣摩,上司亲友关系,嗜好何物……这些"课题",司马迁简直是个"老外"。

杜周,廷尉(狱官),以逐盗及捕治桑弘羊有功,升御史大夫,子孙皆官,位列三公,家财累数万贯。这个酷吏,在官场混迹,也很有一套,他的话,都是"经验之谈"。

他说的这种"人"道,不是通常所说的做人的标准,而是一种向上爬的手法,谋官谋权的"韬略"。一方面怡嬉微笑,彬彬有礼,风度翩翩,而一旦有人挡了他的官路和财路,就不管他同窗同乡好友同道,"该出手时便出手",想方设法下套,上下打点,抹黑使阴招,把"对手"搞下去。说得好听一些是"竞争",说得实在一点,是黑道而非"人道"。颇似北宋蔡元度,为人嬉笑溢于颜面。虽见所甚憎者,亦加亲厚无间,人莫能测。一个怡嬉微笑的奸佞之徒去向一位堂堂的伟丈夫"做工作",高谈做"人"的道理,真是个绝妙的讽刺!

司马迁写《史记》,只是直话直说,并不曾当堂谔谔指陈,批评上级,他毕竟是个拿笔杆子的学者,并非谏官。但平日生性直率,不会阿谀逢迎,写文章又不会掺假,在官场自然难讨彩。正是这种谔谔风骨,使一些当权者看不顺眼。

杜周的"诺诺"之道,或可得意于一时,但毕竟活得窝囊,活得沉重。在汉帝的眼里,他不过是条狗。用司马迁的话说,这种人活着或是死了,都比鸿毛还轻。

杜周的这种"为官经验",是一种舆论攻势,不可小看。这种攻势在历代官场都是很凌厉的,形成一种"道德"环境,也是几千年来封建官场的一种"潜传统"。君不见,有人当官一辈子,当从"凤凰池"走出来的时候,却并不是凤凰,而是左顾右盼,交游谨慎、不多发声、只会"诺诺"的木鸡。

2016年11月8日

讲点"名分"

以前,有点身份的人作古了,后人总要给他一个名分。生前地位显赫、名望很高的,皇帝还赐给他谥号,范仲淹、司马光谥号文正,都是非常高的名分。皇帝死了,臣下也要依其事迹,研究一个谥号,尽管后来这谥号往往名不副实。

至于活着的人,名分系于前程得失,亦非小事。鲁迅说,老祖宗一代接一代叩头、颂圣、纳粮,雷打不动,无非为了一个名分。"饿死事小,失节事大",宁可杀身,也要全名,做个安稳的奴才,比上山为匪的名分要好。即如《水浒》中的宋江,他可以通"匪",但为了不担"匪"名,曾抵死不肯落草。

即使为"匪",也还是讲究名分的。水泊梁山忠义堂的交椅,坐的顺序便大有讲究。宋江当过官(押司),通官事,有文化,自然比草莽兄弟名分高,就有资格坐头把交椅。时迁虽本事不低,但不过是"贼",只高明在小偷小摸的手段,于是险险乎叨陪末座。

韩信年轻,论名分是排不上号的,出身也很低贱,要过饭,受过淮阴子弟胯下之辱,萧何苦心孤诣荐才,刘邦连见都不愿见。他也不想想,自己过去也不过是小小的亭长哪。汉末刘璋手下的许靖,说来也没多大本事,但名气大,刘备入川,抢了刘璋的地盘,要笼络人,便给了许靖高位,在诸葛亮之上。

不过,许靖在刘璋将败前欲缒城而出投奔刘备,"为人谋而不忠","失节"之人,也因此多少被人瞧不起。

现在来说"饿死事小,失节事大",好像有点时过境迁了。何况大家都奔如何发财,何至于饿死?并且"名"与"节"早已脱钩,有名分不一定有节,有节不一定有名分。"搞一个小乱子,就是伟人;编一本教科书,就是学者;造几条文坛消息,就是作家。于是比较自爱的人,一听到这些冠冕堂皇的名目就骇怕了,竭力逃避。逃名,其实是爱名的,逃的是这一团糟的名,不愿意酱在那里面。"(鲁迅《逃名》)此外,开个讲座,讲讲茴香豆"茴"字的几种写法,兼及颜柳米欧"茴"的运笔之法的"国学家",发的财也是很不小的。

又因为名分的不同,话也就分三六九等。同样的话,出自不同人之口,效力自然也不同。有所谓专家、学者,便出于不同目的,发挥影响,在房地产、食品、医学……诸多领域建策放言。此外"世界末日"、"两极倒转"、"天体重叠"等高论,均非出诸齐东野语,而是"专家"之言。所以只看搽在脸上的脂粉(如高管、泰斗、大师、顶级教授、国宝级专家等等)是很不安全的,也要看看名分以外的东西,看看他的脊梁和血性。"博识家的话多浅,意义自明,惟专门家的话多悖的事,还得加一点申说。他们的悖,未必悖在讲述他们的专门,是悖在倚专家之名,来论他所专门以外的事。"(鲁迅《名人和名言》)

"易以道阴阳,春秋以道名分"(《庄子·天下》)。而名分是在不断地演变着的。内涵、色彩、价值……都与时俱进,不会一成不变。向往司马相如的赋名、李杜的诗名,现时的作法,就有别于汉唐。皓首穷经,攻苦食淡,卧薪尝胆,牛衣泣别……多半是走不通的路。但就算走得通吧,名分这个东西,也是切不可执着的,一不留神,就"酱在里面"了。

"规 矩"

中国社会是讲规矩的社会,做人讲规矩,读书讲规矩,文学讲规矩,艺术讲规矩,婚嫁喜庆讲规矩,吃饭睡觉出行讲规矩,做官、做生意讲规矩……

最近的古诗词热,带来一股读诗写诗的清风,十分可喜。孔子说:"诗可以兴,可以观,可以群,可以怨。"中国古诗词,有着强大的社会功能,同时也是规矩很多的地方。

首先是格律严谨;不讲格律,就是"打油",或者叫"快板书"。"吟安一个字,捻断数茎须。"不守规矩不成,按规矩办又不易,"两句三年得,一吟双泪流。"真是难矣哉! 另外,虚实相生、排律、音韵、锤字炼句,等等,都有讲究。尽管有讲究,但人们喜欢诗词,几千年来,吟诵不息,古诗词里面的思想火花、情感的波涛,晶莹腾跃,未曾稍减。

孔子又说:"诗言志。"《毛诗·序》曰:"诗者,志之所之也。在心为志,发言为诗。"

志很重要。有一次,孔子问身边的颜回、子路:"你们何不谈谈自己的心志?"子路说:"愿将车马和轻裘和朋友共享,用坏了也无所谓。"(那时候就有了共享意识)颜回说:"我要做到不夸耀自己的长处,不表白自己的功劳。"子路又说:"我们想听听老师您的愿望。"孔子说:"老人能过得安适,朋友之间互相信任,年轻人怀有远大理想。"("老者安之,朋友信之,少者怀之。")

战国的吴起说:"有身贵而骄人者,民去之。位高而擅权者,君恶之。禄厚而不知足者,患处之。"(见《说苑》)这就从相反的方面提到不守规矩的结局,印证了"志"为人的立身之本,不仅是作诗的规矩,也是人品的标准和规矩,不讲规矩,当然"民去之"、"君恶之"、"患处之"(有牢狱杀身之祸等着),教训已经很多了,不必赘言。

吴起说的主要还是为官的规矩。

这个规矩最主要、最重要的一条,就是把老百姓的冷暖装在心里。

传说周公静静吃饭时,有客人求见,他马上将口里的食物吐掉,把头发挽好,出门见客。"周公吐哺,天下归心",就是表彰周公讲规矩,讲礼貌,赢得人心。

其实,为官的"规矩"是真不少的,党章、党纪、国法,都是"规矩"。为官要守规矩,办事要按规矩。

老百姓到机关办事,"规矩"很多。排队、跑路、盖章、缴费、久候,……一个衙门一道符,少一个"规矩"就办不成。

部门与部门,单位与单位,"规矩"多,但没效率。有的"规矩",虽然很花哨,还是躲不过一些人的法眼。不懂"规矩"的,就门好进,脸好看,事难办。懂的,就"水"到渠成。

也有些官员,是很懂"规矩"的。几百官员,谁大谁小,能倒背如流。虽然是下级,实际上顶个上级,察言观色,信息灵通,迎来送往,从不大意,错了就是没规矩。

所以说,官场有好规矩,也有坏规矩,按好规矩做人,做官,老百姓就欢迎,按坏规矩办事,是旧官场陋习、恶习,使老百姓有话不敢说,有难无处伸,无奈地逆来顺受、忍辱负重,这些庸官、昏官,最后只能是"民去之","患处之"。

派头十足,却不干实事、不关心群众疾苦,生怕丢官的人,老百姓心存不满,目笑存之,称之为

"不像话的官",或曰"有官格,无人格",议论只要地震、火灾、水灾一来,准是他们携眷先逃,比谁都跑得快。——"民去之"就是这样严厉。说明人心对"官规"的审视,其实极严,尤其在一些节骨眼上,这也是延绵了几千年的一个事实。人心是杆秤,官员们如果能经常在这个秤盘上去掂掂自己,可能知道些规矩斤两。

丛林法则

写完"规矩"一文,便想起丛林法则,也是一种规矩。

我曾去南岳游览,到过一些寺院,就看到不管大小寺院都设有法堂,堂上悬着"清规"、"戒律"几个大字,香案上放着戒尺,可见犯了戒律是要受惩处的。

行至磨镜台,遇雨,天又将暮,便奔附近的南寺挂单(投宿)。方丈慈眉善目,连称"善哉",令知堂安排一间洁净的客房,将我安顿住下。

一夜风雨,穿林打叶,松涛啸嗷,叫人辗转难眠,起而挑灯,读诗待漏。

守安和尚诗云:"南台静坐一炉香,终日凝然万虑忘。不是息心除妄想,都缘无事可商量。"正好道出此夜意境。按,守安和尚,一千多年前住持南台寺,此诗是当时写的。语言质朴,但又不易参透。大抵偈语都如此,重玄机不重文采,看似信口,实则难懂,过去和尚传授衣钵都得过偈语答辩关,所以"不吃三天素,休想上西天",当个真和尚并不容易。

次日,风雨过后,天清气爽,僧众顶礼迎客,邀共进午餐。

饭是大木甑所蒸,很香;菜有四五样,全是素菜,寻常瓜豆,清油烹炒,谓之斋饭。不论僧俗,八人一桌,一律使用公筷。佛门迎客,不蹈尘俗,令人心境清爽。席间不敬菜,不言语,不准跷二郎腿边吃边抖动,亦不闻瓢勺碰撞之声,其味甘香,回味无穷。

吃斋是佛教信徒一种生活清规。久之,流传到民间,被一些人用作养生之道,形成中国饮食文化的一个重要组成部分。

中国的传统文化,是很注重这个"吃"字的,一方面认为吃很重要,布帛菽粟,与空气一样,须臾不可离;所谓食色性也,即甘食悦色是人的本性。另一方面又认为"吃"字一旦掌握不好,也是容易坏事的。好吃加懒做,就是一种恶名。酒色财气,吃喝嫖赌,都为人所诟病,"譬如小儿贪刀刃之蜜,甜不足一食之美,然有截舌之患也"(《四十二章经》),认为口腹之欲,要很好把关。至于杀生,奉行仁道者认为是作孽,是不仁。孟子就说过"见其生不忍见其死,闻其声不忍食其肉"这样的话。但他似乎只是对杀生不满,肉却不曾不吃,怎么办?他说"君子远庖厨",主张躲起来吃,但这样的吃法,实在是有点自欺。

倒不是说不应该吃肉喝酒,或者说都去吃素,关键是主张的是什么,做的又是什么。在道与欲的问题上,古往今来,不知有多少人闹过这样的笑话:提出口号是一回事,而实际做的又是一回事。

石头希迁和尚一千多年前就讲到信仰。他说有正确的信仰,才谈得上道欲不悖,才能言行一致,表里一致。否则,即使信誓旦旦,也不过是个魔外。鲁迅先生说孙传芳晚年吃素,却不能使人们忘掉他杀人的凶暴,就是这个道理。

有的地方风行用公款请客吃饭而又讳言腐败挥霍,请客送礼而又讳言收纳贿赂,"公事不沾酒肉"之说,大抵也和"吃肉不仁"一样,只是挂在嘴上的东西,于是就有了做假账、说假话、汇假报、办假案的把戏。

说回到惩戒,据说在佛门是有分别的。在禅宗史上,禅门接引众学,也有打骂呵斥,但那不是惩戒。因为禅学有些意思是不能用语言直接表达,所谓只可意会,不可言传。往往表达一个意思,只好"旁敲侧击","点到为止",或者压根就不点明,而是用肢体语言,如打手势,做各种动作,用手中物点击敲打地面或墙壁、物体,以启发、勘验学众。以后又因地域和师门的传统不同而发展为各种不同的方式、作风。用打、踢、喝、揪耳朵、捏鼻子等等粗暴方式在当时是很普遍的。

电影中常看到凡有人剃度出家,方丈总要问:不偷盗、不饮酒、不贪财……能持否?一连问好些个"能持否",如果不能持(做不到),那就不能入佛门。故曰"下山容易上山难"。要还俗,办个手续就可以走人,而要遁入空门,就得持足戒,基本上包括杀、盗、淫、妄、酒、贪、嗔、痴、慢、疑这十条规矩。

至于丛林法则,比起各种"教育方法"来,就显得正规化,也叫禅门仪规,或百丈清规,与戒律不同,是怀海禅师创建的。我记得最关键的一条就是"一日不作,一日不食",把禅与耕联系起来。(禅宗与净土宗原是格格不入的,一个是参禅,一个是念佛,念佛人不参禅,参禅者不念佛。说明那时的禅徒,净徒,在规矩上是有别的,持戒也不相同)。

丛林法则究竟还有哪些内容,由于年代和兵

燹的原因,没能完全保存下来,现在已经无法考证。但我对"一日不作,一日不食"的规矩,很为赞赏,这个八字规矩,曾开了百丈清规的新局。

此外,流传至今的规矩有:每日两顿粥,僧众人人有份,任何人不搞特殊。菜的多少,要视收成而定,这是非常难能可贵的。怀海当时在禅门已经有很高的声望和地位,但他常年参加生产劳动,从不坐享其成。虽然年纪老了,腿脚不灵光,但仍在陡崖峭壁的百丈山上耕作不息。当时已经七十多岁了,仍然以"一日不作,一日不食"要求自己,不要禅徒供养,和大家一起修持、劳作,喝粥,这种带头作用很重要,使得丛林清规弘布至今。两千多年了,还是那句老话:无规矩不成方圆。

2013 年 2 月 3 日

猴年说"西游"

今年按生肖排列,应属猴年,与鸡、兔、狗、马……轮流值班,无关"运程"。但人们总是习惯在一年伊始,找些吉利话头说说,报纸上也有些马年说马,龙年说龙的应景文章。但猴的话头,似与身体健康、新年快乐、阖家幸福的祝愿不大相粘,其实也就是猴年而已,不说也罢,双手一拱,发财发财,哈哈哈。倘要把孙悟空抬出来,就复杂了。只说大闹天宫一出,就叫人挠头。三月初三,王母千秋节,举办蟠桃宴,孙悟空虽有点社会影响,但地位毕竟低,既无官职也无官亲,虽说有一个"齐天大圣"的封号,是几个哥们儿抬举的,没有正式行文,算个屁?加上不懂规矩,不会看眼色,不会逢迎,不会做戏,大会秘书处没有给他发请柬。结果惹恼猴头,大闹天宫,搅了局,受了"判处死刑"

的"处分"。但花果山的水蜜桃,其味总不输蟠桃的,此处不留爷,自有留爷处。这么一拉扯,就失了过年的雅兴,还是不攀的好。

最近从报纸上读到几篇文章,对孙大圣的顽皮颇有微词,各自表达,按下不表。

新年有朋友和我讨论,吴承恩先生写的这部《西游记》,究竟是小说还是神话?吴承恩先生很聪明,从玄奘赴西天取经入手,给他配了三个保镖,一匹白马,编出一大套故事,把妖魔与人兽、幻想与现实、甚至儒释道一锅炖,"人妖颠倒是非淆,对敌慈悲对友刁"(郭沫若诗"看三打白骨精")。鲁迅说《西游记》是一场"游戏",颇似现在流行的动漫故事。"神魔皆有人情,精魅亦通世故,而玩世不恭之意寓焉。"(《中国小说史略》)与真实的玄奘取经,背负佛经,托钵化缘,行程万里,是不契合的。

中国文学史上,神话的创作是很衰微的,在先秦时期(上古伏羲创易时开始),变爻占卜中有一些神话基因。据说秦始皇烧的大部分就是这类经书,也杀了很多方士。到汉代,一提起变爻占卜,人们还心有余悸。董仲舒躲着占卜,有人告密,说近期天灾与他占卜有关,差点被武帝杀了。鲁迅先生考证了《艺文类聚》、《列子》、《汤问》、《淮南子》、《本经训》、《春秋》、《左传》、《山海经》……说那里面均有神话传说的记载,但从历史的流程看,已日渐式微,以后就销声匿迹了,成为没有神话的文化。

孔子不主张谈神论鬼,"子不语怪力乱神",他本身主张教化,认为怪力乱神是一种邪恶,要鸣鼓而攻之。此外,更为重要而深刻的因素,是生产关系和生产力的局限,使人们重实际,不玄想。一部《西游记》,看来看去,没有跳出小说的窠臼。反而把玄奘取经的艰难历程"游戏化",冲淡了佛教史上这一壮举的严肃性。所以,中国神话,由于种种人文和地理环境的原因,以及经济发展的轨迹迥异,从思想艺术角度来看,未曾出现系统的有感染力的正宗神话作品,相反的,近代史上,一些狭邪小说、侠义小说、神魔小说、世情小说……倒是很多。

"中国神话之所以仅存零星者,说者(注:指日本盐谷温)谓有二故:一者华土之民,先居黄河流域,颇乏天惠,其生也勤,故重实际而黜玄想,不更能集古传以成大文。一者孔子出,以修身齐家治国平天下等实用为教,不欲言鬼神,太古荒唐之说,俱为儒者所不道,故其后不特无所光大,而又有散亡。"

(鲁迅《中国小说史略》)

马克思曾盛赞希腊神话是"发育健全的儿童"。古希腊城邦文化所孕育的诗歌、戏剧(尤其古希腊悲剧),真是得天独厚。长诗《伊利亚特》、《奥德赛》,相传为公元前九世纪盲诗人荷马所作,经过长期的口头传诵,公元前六世纪整理成书。作品串联许多神话和历史传说,为后世的文学艺术创作提供了丰富的素材。

"……为什么历史上的人类童年时代,在它发展得最完美的地方,不该作为永不复返的阶段而显示出永久的魅力呢?有粗野的儿童,有早熟的儿童,古代民族中有许多是属于这一类的。希腊人是正常的儿童,他们的艺术对我们所产生的魅力,同它在其中生长那个不发达的社会阶段并不矛盾,它倒是那个社会阶段的结果,并且是同它在其中产生而且只能在其中产生的那些未成熟的社会条件永不能复返这一点分不开的。"

(马克思《政治经济学批判》)

马克思这段话的意思是：希腊神话的出现，是有它得天独厚的先天条件的："物质劳动和精神劳动最大的一次分工，就是城市和乡村的分离，城乡之间的对立是随着野蛮向文明的过渡，部落制度向国家的过渡，地方局限性向民族性的过渡而开始的，它贯穿着全部文明的历史一直延续到现在。"（《德意志意识形态》）。独特的城邦经济发展，城乡之间，精神生产和体力生产之间的落差，商品生产和商品交换的发达，人口的集中，这些自然条件和经济条件，使希腊的神话艺术得以保存和光大，产生神奇的魅力。如戏剧家（埃斯库罗斯、阿里斯托芬等）诗人（如荷马、萨福等）以神话为题材撰写了大量的作品，正是这种城邦经济发展的必然结果。戏剧的盛行，通宵的演出，观众自带干粮，看得如醉如痴，牵肠挂肚，已成佳话。这些分身有术，腾云驾雾，冰火不惧，不同凡响的神话人物，是能克服时空和距离难度的无敌将军，表达人们对征服客观世界的向往。其故事情节发展，与现代小说的人文毫无相似之处，不论是阿喀琉斯还是赫克托耳，人们心目中的变形金刚，演出了轰轰烈烈的传奇故事。所以希腊神话具有无比的魅力，就是很自然的事情。

由此看来，比之阿喀琉斯，现代"超人"恐怕只能算个"早熟儿童"。"超人"具有超现代的本领的种种编造,是集现代科学之大成,并不是在得天独厚的自然和经济条件下产生的"有机"的产品,当然也就算不上"发育健全的儿童",颇有基因改变之嫌,或者说是"伪神话"。

中国的孙悟空,虽然本事超群,但所阐述的故事,仍然没有跳出神魔、狭邪的窠臼,其基因也非神话的正宗,只能勉强算个"粗野儿童"。还是尽量少一些游戏吧,这是我猴年的一点认识。

2016 年 2 月 12 日

故井未涸

资料显示：湖南有湘、资、沅、澧四条江，发自深山，流经全省，曲折回环，奔向洞庭。还有许多小支流，如浏阳河九曲弯道，如蛟龙九回头，流向湘江。还有捞刀河（浏阳河的支流），发源于宁乡的靳江、沩江等大小支流，也都在长沙汇入湘江，奔向洞庭。

湘江流经长沙市境约二十五公里，为长沙这片古老的土地提供了丰富的水资源。因长沙城区筑于地势低平的河谷平原上（贾谊亦有"长沙地处卑湿"之说），地下有着极为丰富的循坏畅迪、类型简单、水质良好的地下水，而且潜水面高，容易凿池打井。

因此，在城区有数百上千年历史的古井也比比皆是，主要分布在易家坡、坡子街、潮宗街等老城区的街巷里。有的距今已有几千年历史,白沙井据说凿于春秋时期,贾谊故居内的贾谊井历史悠久,号称"天下第一井"。

我童年住在长沙,家门口有一口井,与贾谊井同源,用麻石(花岗石)砌成很坚固的井台,井台四周有沟,沟的外围有麻石护栏。

但我以为,贾谊井很可能是后人开凿的,并非贾谊亲凿。根据《汉书》记载:"为发卒万人穿渠,自徵引洛水至商颜下。岸善崩,乃凿井,深者四十余丈,往往为井,井下相通行水……井渠之生自此始。"这是西汉初年的事。贾谊虽是西汉初年的人,他不会那么快在北方刚刚开始凿井时,就在长沙凿了井。当然,那时候各地水患威胁太大,"用事者争言水利"(《史记》),很多地方都在凿井,但南方凿井起于何时,是一个疑问,有待查考。但说贾谊井是"天下第一井",未免附会,班固也不会买账。我认为贾谊井很可能是后来居此的人开凿,以贾谊之名授之,不能说是"天下第一井",既然南门外白沙井凿于春秋,贾谊井又如何称得第一呢?

此外,知名的有水风井、观音井、伍家井、桂花井、彭家井、路边井、青石井、化龙池等等。

据说至今汩汩喷涌的白沙井,曾差一点被"开发",现在已建成了白沙公园,井台经过改造,比原来大了,井水常年就是那个水位,怎么也用之不竭,洁净甘甜,不管是取水的、看水的、玩耍的……,都要饮一口白沙水。

那时长沙没有自来水,附近街坊邻里的饮用水源就是古井水,每天早晚,来提水、洗衣的人络绎不绝,水质清洌,甘甜清香(井水有一股特别的香味,与河水不同)。梁范云有咏井诗:"因旧未尝改,缘甘故先竭",但长沙的井水甘洌,却历久未竭。

靠近大西门一带以及直通河边的坡子街、道门口、八角亭、开福寺等等,当时就是用河水。长沙有专门卖河水为生的人,那时候大的单位,如酱园、旅馆、学校、饭馆及轮船码头附近的大小商号,用水量大,就雇佣专人挑水,每天定时将河水送到指定的地方。

还有一种零担,就是拖着水车,沿街叫卖:"河水哪!新鲜的河水哪!"像喊,也像唱,一口长沙腔,悠远苍凉。需要水的住户,听见叫卖,就提着桶呀盆的围上来。水车其实是板车,上面载着一个椭圆形的大木桶,木桶的底部有一个木塞子,一拔塞子,水就哗哗往外冒。卖水的还自备一担水桶,以备有人要送水上门。

记得一担水是五百元(折合现在五分钱)。板车的轮子是木制的,尽管外沿钉一圈橡胶皮,在高低不平的麻石街上行走,还是一掀一坠、一颠一簸,桶盖又不严密,于是水花四溅,走到哪、水撒到哪,我看了觉得挺可惜。多不容易从河边取水,送到街头巷尾,卖水人的劳动真是不值钱啊!

2016 年 10 月 12 日

邂逅小站

"日暮乡关何处是,烟波江上使人愁。"(崔颢《黄鹤楼》)

每当想起这诗句,就会回忆起乡关的小路,还有那蜿蜒漫长的铁路,那小得不能再小的车站。

那小站真的很小,总共只有一栋很朴实的平房,算是"固定资产",青瓦黄墙,结构简单。两室,一边是候车室,一边是票房兼站长居室,从售票窗口,可以对"站长家庭"一览无余。

平房后面有清可见底的池塘,池塘里有绿色的浮萍,要是下雨,坐在候车室,可以看到池塘水面上密集的跳跃的圆点。高大的槐树,婀娜的柳树,拥抱着小站,树枝靠近窗玻璃,让人们看到被虫子噬出一个个小孔的叶子,在风雨中瑟缩。一切是那样自然、静谧、祥和。

候车室大约二十来平方,中央是一个火炉子,火炉子两边摆着几条长凳,人们坐在这长凳上,抽着呛人的叶子烟,寒暄着,等着火车的到来。差不多每天就那么七八个旅客,逢年过节稍多一点,大约不会超过二十几。

记得我们这群结伴赶火车去上学的孩子,算是这个小站的常客了。每天天不亮就起来,点着煤油灯,生火,做饭。吃了早饭,外婆还为我准备了中饭,用一个菜碗,盛满饭和菜,然后用饭碗扣上,用一块方布包好,系上结,捧在手里还滚烫滚烫的,在我的记忆力,那是最好吃的饭菜。几个同学都带了不同的饭菜,举着火把走十几里地,赶早上五点钟的车。遇上雨天,起得更早,因为山里路不好走,溜溜滑滑,有时赶到车站天还没亮呢。做早饭的炊烟,弥漫在田垄、山间,那股特殊的松枝的香味,很好闻。

我们这一伙旅伴中,有一个黄毛(长着黄头发,大家叫他黄毛)是个"饿鬼",他似乎从无饱足的时候,天没亮,他刚坐在候车室靠椅上,就打开妈妈给他做的中饭,那是几个糍子,红薯粉和糯米粉做的,很好吃。他打开看了看,又包上。没一会儿,又打开看,终于忍不住,拿起一个往嘴里塞,吃得呱唧呱唧响。我们就大叫:"中午还没到啊,你中午吃什么啊?"他呜呜地说:"我中午就不吃了,现在吃就不饿……"呼哧呼哧……

后来我离开了那乡村,参加工作了,小站也非复当年,已不见老站长带着旅客在风雨中等候,但平房还在,槐树还在,信号杆还在。小小的车站,风霜雨雪的月台,那飘香的槐花,那婀娜多姿的垂柳,留在了人们的记忆里,只要听到火车的鸣笛,这些美好记忆就会在人们心里甦醒。多少次坐火车经过小站,都是飞逝而过,多想下去到站台徜徉漫步,哪怕就几分钟也好,但愿望与现实往往是有距离的,我想。

记得又十几年以后,一个偶然的机会,朋友邀我一起去"看楼盘",其实哪是看楼盘,是搭乘看楼盘的免费巴士,去游山玩水。过去说"天下名山僧占多",现在这个"僧"是开发商,我们也就醉翁之意在山水,有楼盘必有名山名湖,现在有专车前往,何不偷得浮生半日闲,去领略一下湖光山色?

坐上豪华大巴,俨然看楼人,一路无话。两个多小时,来到一风景胜地,七弯八拐,曲径通幽,眼前忽然出现一汪湖水,一股清凉之气扑面而来,放眼一望,林壑优美,蔚然而深秀,波平如镜,纤尘不染,树林阴翳,野花幽香,顿时令我沉醉其间。远有诸峰,浓淡相宜,近有群鸟,归鸣上下;不知人间竟有如此仙境！

忽然，我发现这个地方好熟！那不是小站吗？真没想到，十几年光景，这儿成了人间仙境！半亩方塘，竟变成了湖泊，山呢？移走了？取代它的竟是比它们高出许多的楼盘！小站被挤在山旮旯里，好像改了朝向，铁路依然深入山洞，但似乎已经没有火车来往。

这样的沧海桑田，真使人始料不及啊。我想起先祖们结庐山水间，呼吸清虚，吃自己种的菜，走自己修的路，住自己盖的房，长寿延年，其乐融融，真是令人向往。

苏轼依湖结庐，是很雅致的选择，哪怕只是蓬门荜户，瓮牖绳枢，甚至环堵萧然，也是十分的诗意，十分的怡然。不必楼高房大，总之人不能强迫自己去做力不能及的事情，量力而为，使自己轻松，然后愉快，才叫得其所哉。

说着，想着，朋友指着高高的楼盘，要我看那楼盘上几个大字：家政、装修，对我说，他的一位远房亲戚，就住在附近，房子被征收了，贷款买了一套二十层两房一厅，光首付就把所有积蓄用光，在客服中心，腰缠万贯进去，捉襟见肘出来。没有办法，夫妇只好在新楼阳台上挂出"家政""装修"的大字，打算以此赚回首付，还清贷款。我听后为之黯然。忽然,我想起他说这位亲戚就住在附近,便问:叫什么名字?他说叫黄毛。我接着说:饿鬼。他惊讶起来,你们认识?……

湖光山色令我陶醉,流连忘返,徘徊于湖滨沙径久矣。想起现在仿效苏老先生买田结庐,一蓑烟雨,躬耕田畴,已不合时宜;去买高楼,高瞻远望,又力不能及也;如黄毛夫妇如此这般,未免囊中羞涩。而此行不虚,湖风烟雨中,我想起小站的执着,想起黄毛的坚挺。

几十年了,小站像一位忠诚的士兵,立在那里,周围的田野,还有高大槐树、杨柳,还有小旅伴们的笑声,啊,我的眼眶湿润了。

地球上,小站不孤独,许许多多不同的小站,在不同的地方,有着不同的故事,演绎不同的沧桑。

我记得,在遥远的阿斯塔波沃小站,托尔斯泰就是睡在那候车的长凳上,溘然长逝。他怀着希望,想从小站走向农村,与农民生活在一起,去描写他们,但他身体不好,又饥又寒,——他是带着美好的希望出走的。

……

远处,火车鸣叫着,那声音在空中飘散,在我的记忆里飘散,在我的梦境中飘散,我为之思绪飞扬。在卫星云图上,在岁月的长河里,小站小得几乎不存在,但在我的心里,它是矗立的、高大的,常常出现在我的梦境里。

历史是一位雕刻大师,他总是把稍纵即逝的流光刻在人们心中,使我们永远记住,不能或忘,难道不是吗?——我心里的画面,就此要改变吗?

2014年3月23日

忽庄忽谐

壶中日月

旧时中国,小农经济的生产过程、生产方式、社会关系、思想观念,都比较陈旧保守,人际关系孤立、封闭。在一些史书中,流露出对这种落后经济形态的嘲讽。

如"近田丑妻",就是比较典型的小农经济的。你看,耕种的土地离家不远,便于照看,以免野兽偷吃瓜果,小偷偷走庄稼,夜里可以睡个安稳觉,否则偷光还不知道;家里的妻子相貌丑陋,能专心相夫教子,不必担心招蜂惹蝶,给自己戴上"绿帽了"。这种太平景象,是许多小农世家追求萦切的。

说它是乌托,并不冤枉,"丑妻"这一条就确实不现实,"丑女人"就一定安分守己?天下男子都愿意找丑女人为妻?登徒子找了一个丑妻,宋玉还说他是个好色之徒,可见"丑"也不是绝对的,没有一定的标准,不能一概而论。何晏脸色白净,人称"傅粉何郎",认为他脸上敷了粉。曹丕之子曹叡(魏明帝)不信,请何晏吃面,何晏大概很喜欢吃面,吃得满头大汗,便不断用衣袖擦汗,脸色因此皎白,曹叡感慨:他的肤色好,原来是吃汤面所致。

宋朝的李益,是个诗人,但人品不如诗品,人称"两李益"。他对妻子防范甚严,出门时把妻子反锁在屋里,并在门前屋后的地上撒些石灰粉,以防妻子有外遇。今人无法知道李益妻长相怎样,但从李益活得如此累来分析,他定是认为现任妻子不如"丑妻"可靠的。

这种"近"、"丑"观,衍生自私狭隘,也影响有些产业经营者的用人方略,重用"近人",任人唯亲,排外,搞得像封建帮会,铁桶江山。但最近从一个资料上看到,一些国外企业,很重视启用华人,把企业的财政、人事大权交给华人管理,自己亲属反而在一般岗位"打工"。他们认为华人在企业没有"背景",能吃苦,聪明能干。这个"政策",在中国何时能消化,接受,可能要看"近田丑妻"的思维定势的消亡速度。

最近,在中国大地出现的"共享单车"风,有人戏说,这是"共产主义新事物"。但"新事物"一出现,说好说歹的都有,更有把单车拿回家私用的,乱扔的，损坏的……，崽卖爷田不心疼，如果自己花钱购置这样一部漂亮的单车，恐怕既不愿意"共享"，也不会乱扔乱放，平时锁得牢牢的，生怕被偷走。这就是"近田丑妻"的另一版本。看来，"新事物"遇到了强硬的阻力了。社会公共与"近田丑妻"之间，鸿沟是隐蔽的，"男儿有泪不轻弹，只是未到伤心处"。

宋张君房在《云笈七笺》中写了一位施存先生，"常悬一壶，如五升器大，化为天地，中有日月，夜宿其内"，自号"壶公"，看来施存先生也是个小农世家，在防范他人的同时，也把自己封闭在"壶子"里。

《后汉书·方术列传》说，东汉韩湘子见市中有老翁卖药，"悬一壶于肆头，及市罢，辄跳入壶中，市人莫之见。"韩湘子在楼上看见，于是拜访卖药老翁，请他喝酒，并随他一同进入壶中参观，发现壶中别有天地，富丽堂皇，奇花异草，酒肉美肴，金银财宝，应有尽有，不假他求。此似系齐东野语，范晔录入《后汉书》，也是聊备一说。但可见壶中日月，至今使多少人向往，形形色色的壶公，吃壶中饮，喝壶中酒，做壶中梦，作壶中观，诚哉悲矣。

2011 年 2 月 13 日

"牛贩子"春秋

县里要搞一次给牛选美的活动,牛选美怎么个选法?怎么才算美?无从知道。但我坚信最有发言权的,只能是庄稼汉。他们天天和牛打交道,了解牛的脾性,对牛有深厚的感情,"情人眼里出西施",他们的一票最关键。

这使我想起文革年代,在农村"改造"时,认识一位姓言的牛倌,村民管他叫言哆,是个老庄稼汉,他跟牛打了一辈子的交道,是个牛专家,用牛、相牛、给牛治病……很有一套。就因为这,村里买牛什么的,都派他出差。

买牛这个活计,并不轻松,除了懂行,还要能吃苦。讨价还价不说,买到手,还得牵着它翻山越岭,日夜兼程,因没钱乘火车,一路上得餐风宿露;从江西走到湖南,每到一地,先给牛找草料,弄到一点水,先给牛喝。有时顺带也做点倒买倒卖(兼做牛的买进卖出),赚点外快当路费,比如坐几站火车(要挤着蹲车皮,人牛货混装)。后来,农村搞运动,把牛倌"揪"了出来。倒腾耕牛的事,其实他不说也无人知晓,但他经不住"斗",站到台上双腿发抖,便一五一十说了出来。就这样,被打成"牛贩子"。

没几天,他的家门口挂了"走资本主义道路的牛贩子"的牌子。

那以后,门庭开始冷落,村里有关牛的吃喝拉撒,没人再敢找他"咨询"。他自己很坦然,逢人便告:我走路,你别跟着,这是资本主义道路。

记得那年立冬的晚上,忽然一声惊雷,像打着滚,在夜空滚过。我看见言哆神色不安起来,一会看看天,黑乎乎的,再看看远处养牛户的灯火,昏黄的,星星点点闪动,仿佛有人大声在咋呼。他索性进屋,关门,倒头便睡。没一会,又坐起来,抽着烟,思索着。漆黑的屋里,只见一点红火头,在他的两唇间忽明忽暗。

不多会儿,门外登登登的脚步声由远而近,村民提着马灯来找言哆,把他叫起来,悄悄问,他悄悄答,我住在隔壁,一句也听不清,折腾了一宵。

第二天天气格外清冷,我问昨晚的事,他说:

"雷打冬,十间牛栏九间空。有牛受惊吓了,他们来问我咋办来了。我说多备草料,棉絮,叫牛别怕,说是汽车响,牛懂,别让牛冻着……"他问:你不是说这是资本主义道路吗?怎么还那样有辙,门庭若市?都走到你家里来了?他在鼻腔里"哼哼"两声,我听出来,他在笑。

我很好奇,问他有啥绝招儿,传授点给我,日后种庄稼糊口,也不至于两眼一抹黑。

他见我心诚,觉得我这出身,八成也只有种田的命了,很痛快就把"相牛经"教给我了:牛看角,角冷不好,有病;毛少骨多、毛色油光闪亮好;珠泉有旋毛,八成寿不长;四蹄直如柱,牛中顶梁柱;选牛看撒尿,向前是良种。年龄看牙齿,三岁二齿,四岁四齿,五岁六齿……还有,看眼睛、睫毛、尾巴、骨相……至于洋牛,什么高门塔尔牛、夏洛牛……大都是菜牛,杀了卖肉的……再后来向他讨教,他忽然想起什么,不肯往下说了。很久后,他在地里跟我说:"你也别记录了,鸡毛蒜皮,记了也没用,弄不好又是资本主义道路。"他说本不该告诉我,宁卖祖田,不卖祖言,祖传的东西,只能垂直传授,父传子,子传孙,堂客媳妇不能传。"去年,有个干部以传播农业文化为借口,要我交出这本书,我没交给他,他懂得什么农业文化?他就是打我的歪主意!"我这才明白,我的这位师傅是柔中有刚,并非软骨头,自己犯的事全吐了,祖言却守口如瓶,结果赚了一顶"资本主义牛贩子"的帽子戴在头上,无怨无悔。

我被"解放"后,一晃很多年没有联系,关于他的生活起居,一点消息也没有。早些年我特地跑到曾经劳动的乡下,去看望他,大门上了锁,黑牌子不见了,认识我的老人们说,"牛贩子"后来被他的侄儿接到城里去住,再没有回来过。手抚门锁,神往当年,我心中阵阵怅然。我很想告诉牛倌,他传授给我的"相牛经",记录本还在。当年落实政策回城后,我依然干编辑,并未去种田,但"相牛经"一直保留着,没准哪天重为冯妇,还用得着。

我想对他说,想象选美大会,一定很隆重,"选手"一定不少,像举行奥运会一样。庄稼汉把自家的牛牵出来,端详着,抚摸着,赶着遛几圈,这么多"情人"的眼睛盯着,拿名次并不容易。夺冠的一定是大家公认的"西施"。大伙儿给荣获冠、亚军的牛披红挂彩,燃放鞭炮,敲锣打鼓,场面一定十分热烈。

我还想说,假如他还健在,一定是个顾问,没准当个评委会主任,都有可能,一定笑得合不拢嘴,忙得屁颠屁颠……

是的,车尔尼雪夫斯基说的:"人一般地都是用所有者的眼光去看自然,他觉得大地上的美的东西总是与人生的幸福和欢乐相连的。"丰收的喜悦和幸福,总是富藏着美的意蕴,以及人心对美的向往,这是庄稼地里长出的真理。

一晃几十年过去,听说言嗲已经作古了,坟地就在他那房子后山上,坟的周围有野花,有几棵短松,想是他的侄儿栽种的。每从火车上看到窗外一晃而过的田野,还有在田里耕作和吃草的牛群,记忆便定格在我的脑海里,我便想起言嗲,一个爱牛的人,村里人也爱着他。

宁乡补伞匠

湖南宁乡人,说话有一种格外的湘味,声音尖尖的,音域窄小,调门高,"吃饭没有?"宁乡人说出来就是"恰(吃)饭冒得哪?""饭"不读"fan",而读"huan"。毛泽东说的就是地道的宁乡腔,因韶山离宁乡很近。他走路的姿势,也是双手向身后甩动,像一个老农,很多影视剧演员演他,没有演得神似的。

宁乡县城以前很热闹,正街上店铺很多,鳞次栉比,人头攒动,熙熙攘攘。

宁乡人经商多,挑担子的行脚商也多,如收荒货(收购破铜烂铁、牙膏袋子、玻璃瓶子、牙刷把子……)、打人参米(爆米花)、补皮鞋套鞋、修阳伞雨伞……这类行脚商走遍三江四水、街头巷尾,用宁乡腔高声吆喝:"修——皮鞋(hai)套鞋(hai)哪!""整阳伞雨伞啵!有阳伞雨伞修的啵哪?"抑扬起伏,悠远苍凉。有的不吆喝,手里提着一串用绳子穿连的铁片,一块挨着一块,看上去像一个"多"字,用手一甩,铁片就发出一串清脆悦耳的声音。宁乡人讨生活,真是有办法,"不是出娘世就会整伞呢,冒得办法呐,赚碗饭恰(吃)哪!"

我在长沙读小学时,有一把油纸伞,是下雨天上学用的,但我并不把它当伞用,而是像塞万提斯笔下的堂吉诃德,把伞当宝剑,只要雨一停,伞一收,手里就像握着寒光闪闪的剑,杀杀杀,没几个回合,伞就真的成了"散"了,变成了四叶八块。外婆除了骂我没出息之外,就是关注街外传来宁乡口音的吆喝声:"整阳伞雨伞啵!"只要一吆喝,外婆就赶紧拿着我的破伞出去,请宁乡佬修。

补伞匠的行头很简单,一把伞骨、伞把,算是配件,还有针线、锤子,担子边上挂着两个醒目的竹筒,一个竹筒大概盛着胶水之类,另一个竹筒则是绛红色的染剂。

阳伞(布伞,也叫洋伞)出毛病,通常是伞骨子与布之间的线脚断了,或是伞把子松了。伞骨子折断,换一个配件就可以了。但换伞骨是要动大"手术"的,整个伞要大卸八块,把断骨取下,换上新骨,要用针线、铁丝固定好,然后将伞重新装好,发现哪里有小毛病,附带修整,然后再上点油,就整旧如新了。

而纸伞就不同,主要问题在伞面,也就是纸面,通常是补漏。先将伞撑开,哪里破了,按原样拼好,用一张极薄的皮纸补上(极似丝织品,乡下用来糊窗户),刷上胶水胶住,等到晾干,再刷一层胶水,又补上一层。这样反复一层一层补上去,补过四、五层,然后翻过来,里面还要补几层。补好后,补丁的颜色是白色的,跟伞的颜色不一致,匠人就将竹筒里的绛红色颜料刷在补丁上。过一会儿,又刷上一层桐油,顿时伞面"容光焕发"。经伞匠补过的伞,很结实,再用几年没问题。

补伞匠宁乡人居多,可见这是宁乡人的绝活,耐心、细致,加上娴熟的针线、用纸和走胶的功夫,走到哪儿都有人光顾。

曾听说福建盛产纸伞,结实耐用,今年十月到莆田开会,特意到福州市几家商场看了看,并未见到什么纸伞,只得怏怏而归。我想,连盛产纸伞的地方都不见纸伞,宁乡佬还会吆喝"修阳伞雨伞"吗?

街市上各种名号的湘菜馆、徽菜馆、川菜馆和东北菜馆倒是不少,大大爆满,从无淡季。看来除了吃,其他的独门绝活,眼瞅着一天天式微,江河日下了。

2000 年 10 月

"唱"销糖

上世纪四、五十年代,常常可以看到穿着白西装、白皮鞋、戴白礼帽的人站立街头,拉着手风琴,唱着歌。他的旁边有一个三角木架,支着一个木箱(倒不如说是木盒,因为很薄,也不大,像一本书打开来),隔着玻璃,可以看到木盒里展示的一块一块白色的梨膏糖。

"老太太吃了我的梨膏糖啊,有说有笑寿命长啊,勿哩雾里郎啊,勿哩雾里郎!小妹妹吃了我的梨膏糖啊,走起格路来真漂亮啊,勿哩雾里郎啊,勿哩雾里郎!……"

他这么一唱就是一天,说实在的,真正吸引人的,并不是他盒子里的糖,而是他那一口浓郁的吴音唱腔。

虽然满口吴语,还能听得懂,他也老不"词

穷",唱罢老人唱小孩,唱罢春夏唱秋冬,唱罢天文唱地理,围观者听得津津有味儿,绝少有人买他的糖。他也似乎并不在乎有没有人买他的糖,围观的人越多,他唱得愈起劲。但奇怪的是,每天天黑前,他收拾摊子时,糖也奇迹般卖完了。

有一次,出于好奇,我向妈妈要了几分钱买梨膏糖甜甜小嘴,只见他用镊子夹住一大块压有方格的糖,轻轻一按,糖片就整整齐齐断开,他夹了一小块四四方方的糖递给我,味道真好!凉凉的,韵味儿至今不忘。难怪,唱得好,糖也好吃。

唱是一种广告宣传,这种"三分卖糖,七分卖唱",说明广告的力度很大,也很有效。梨膏糖本来就是以市井俚人、野老椎髻为主要促销对象,适宜于唱销,易于传播,易于记取,以音乐形象把梨膏糖介绍给人们。

奇异的是,梨膏糖何以与音乐结缘?就连生产工艺,也有歌唱道:"一包冰屑吊梨膏,二用药味重香料,三楂麦芽能消食(山楂可以助消化),四君子打小囡痨(使君子可驱虫),五和肉桂都用到,六用人参二七草,七星炉内生炭火,八卦炉中吊梨膏,九制玫瑰均成品,十全大补共煎熬"。我想,可能与梨膏糖的首创人喜爱音乐有关,至于老祖宗是谁,已经无法查考,因为要上溯到唐朝,据说起于唐朝,盛于清朝。

梨膏糖以前是手工制作,工艺很讲究,采用梨子、老姜、红枣、冰糖、蜂蜜熬制。吃起来芳香适口,可以润肺、化痰、止咳、安神,很受欢迎。也有的用纯白砂糖与杏仁、川贝、半夏、茯苓等十四种良药材熬制而成。用料各有不同,口味也不尽相同,但共同的一点是没有任何化学添加成分,真正的童叟无欺,颇具特色。

2011 年 11 月 9 日

李夫人做戏

《汉书·外戚传》里说,李延年的妹妹相貌很漂亮,嫁给了汉武帝,但是红颜薄命,二十多岁就去世了。对她的死,汉武帝很难过,眷眷顾念,不能自已,请画匠为她画像,请皮影艺人为她在戏里"复活",自己还为她写悼亡的赋文,李夫人所托付的事,也都一一照办。

李夫人的病,保健医生检查不出啥毛病,好像很严重。武帝前往看望时,夫妇俩有一段对话,十分生动,不妨用白话翻译过来:

"夫人病成这样,把脸转过来,让我看看你,当面托付你兄弟的事,谈谈你有何嘱咐?"

"妇人不修边幅,不见君父。妾不敢以这衰败不敬的样子,与帝王见面。"

"夫人只要见我一面,我加赐千金,你的兄弟,我也可安排他们做官。"

"做不做官,由帝王定,见我不见并不重要。"

武帝执意要见,李夫人执意不肯,背转身去,暗自抽泣而不再说话。武帝不高兴地起身走了。

接下来,李夫人的侍女就抱怨起来:

"夫人,你病成这样,怎么不让武帝看看你,借此也好向他托付兄弟啊!你为什么对他如此怨恨呢?"

李夫人喘息着,解释说:"我之所以不见帝王,正是想可靠地把兄弟托付给他。当初我是以容貌姣好,才得以从一个微贱之人,一下子成为帝王的宠幸。而以色侍奉人,一旦失去这个优势,他那所谓的爱也就降温了,爱一降温,还谈得上什么情感呢?他所以爱恋不忘于我,关心我,就是因为我平生的好容貌。今天如果让他见到我形销骨立,美色非复以往的样子,必然感到害怕和讨厌而唾弃我,更不可能追念我而怜悯关顾我的兄弟了!"

李夫人真是聪明人,知道美色是她的唯一的也是重要的资本,要看好即收,即使病体恹恹,虚不可支,也决不肯让武帝看出这种"燕惰"。她很明白,一旦色衰,这个"宝"就会大打折扣。

李夫人对美色的认识,是抱着世俗的实用态度,汉代有没有美容院,我不清楚,即使有,恐怕已经无济于事。人到了这个关口,谁也没有回天之力。她也就只好藏着掖着,把武帝"蒙哄"到底。说来说去,汉武帝被夫人的"实用美学"给蒙了。

中国的做戏,主要靠实用美学。林妹妹出场,浓施粉黛,花枝招展,顾盼生姿,关公亮相,则红光焕发,美髯峨冠,与扮演者本身美丑与否并无关系。倘卸了妆后,"就永远提着青龙偃月刀或锄头,以关老爷、林妹妹自命,怪声怪气,唱来唱去,那就实在只好算是发热昏了。"(鲁迅《二心集·宣传与做戏》)

朱光潜先生在研究美学与道德的关系时,也曾提到戏剧艺术。现在看来,他的美学理论是不错的。他说演员把曹操演得奸诈,有人痛恨,恨不得跑上台去杀了他,这其实是"道德同情",如果为曹操的奸诈鼓掌喝彩,赞赏演员演得很成功,那就是"美感同情"。区分美学与道德伦理学的界限,在这里就说得很分明。在现实生活中,特别是人际社会中,实用美学就常常与道德伦理和人生价值观纠缠在一起。齐白石喜作鹦鹉图,羽毛五颜六色,憨态可掬,可以怡人。但他在所作的鹦鹉图上方题写了一行字:"汝好搬弄是非,有话不对汝说"。作鹦鹉图是美感审视,而一行精彩题字,则是道德审视,可见画师是个明白人。

李夫人病笃，还不忘做戏，而汉武帝是审美态度上犯糊涂的人。见外不见内，见虚不见实，以"美感认同"取代"道德认同"。

一张漂亮脸蛋不能说明一个人的人品和人格，人格的优劣，是看每一天的记录，什么时候呼吸停止，什么时候才有结论。戏剧里面的李林甫、李义府，就是这类伪善的"假面人"，这种人的人格是扭曲的。可见真善美装不出来，无论怎样标榜、怎样作践自己，也没有用。知人论世，"必须不被这些搽在表面的自欺欺人的脂粉所诓骗，却看看他的筋骨和脊梁"，用道德审视的镜子一照，便可以洞察幽微。

衣架撑起的裙衫不美。商人是把美色作为一种资源，开发利用，是为了赚取利润。但这是一种短期行为，美色不可能永驻，商人可不会像武帝那样傻，"尤物惑人忘不得"而"缱绻顾念"。作为"美人"，是如何痛苦，如何懊丧，如何涂脂抹粉也没辙。李夫人算不得节妇，也非烈女，她使自己在汉武帝心中倾国倾城，是靠的实用美学。我想，假如换一个环境，换一个人，换一个时代，她非得另想法子不可。

2010年3月16日

"心病"

写下"心病"这个题目,想起张恨水 1927 年写的一首《蝶恋花》:

> "休言心病诗能药,岁岁今朝,最是心情恶,一自牡丹开又落,便将近日思量着。一年一度花前酌。芍药开时,岁岁都如昨。订个今朝明岁约,相逢莫是还飘泊。"

点点离人泪,借芍药抒怀。这种"心病",诗不能药,膏丹丸散也不管用,诗人对人生际遇很无奈。

林妹妹听说宝玉定亲了,病倒数日,恹恹一息,垂毙殆近,——

"花魂鸟魂总难留,鸟自无言花自羞。愿侬胁下生双翼,随花飞到天尽头。天尽头,何处有香丘?未若锦囊收艳骨,一抔净土掩风流。"

一时间"颜色如雪,并无一点血色,神气昏沉,气息微细,半日又咳了一阵,丫头递了痰盂,吐出都是痰中带血的。"请来王医生,诊了脉,说:"尚不妨事。这是郁气伤肝,肝不藏血,所以神气不定。如今要用敛阴止血的药,方可望好。"王大夫是对事不对人,哪知黛玉数年来的一块心病!倒是贾母说得实在:"我看这孩子的病,不是我咒她,只怕难好。"黛玉的心病,是怡红公子折腾的,撇下林妹妹,另觅新欢,他哭灵也是哭不由衷,更不能使林妹妹恢复心跳。

林妹妹心脏不好,但良心不坏,而宝玉心脏好,良心却不怎么好,放大了看这个社会,要花些气力治理一些人的"良心病",难说不重要。

也有一种感天动地的心病,说到此处,想起宋朝陆游,是个很有抱负的诗人,以抗金复国为己任,无奈请缨无路,仕途不顺,又屡遭贬黜,晚年退居山阴,有志难伸。因以《诉衷情》表达自己的心情:

"当年万里觅封侯,匹马戍梁州。关河梦断何处,尘暗旧貂裘。胡未灭,鬓先秋,泪空流。此生谁料,心在天山,身老沧洲。"

当年如能披挂上阵,率兵北上,气吞万里如虎,"心病"也犯不了。这样的仁人志士,却偏偏找不到"速效"的"心药",徒然鬓先秋,泪空流。而这"药"就在宋孝宗的抽屉里,没有给他。而宋朝吏治混乱,买官卖官,冠盖如云,贪腐横行,却无人打"鬼"。是非曲直,在当时宋帝心里,压根就是一笔糊涂账。

壮志未伸,加速了身体的衰老,心病缠身,即使死了,乃是"鬼可为神"。

对"心病",《钟馗平鬼传》有一个病理分析,堪称大手笔也:"大凡人鬼之分,只在方寸之间。方寸正的,鬼可为神,方寸不正的,人即为鬼",说明关键在这个心术上。心术正的,鬼可为神,心术不正,人即为鬼。正是诗人臧克家所说:有的人死了,却还活着,有的人活着,却已经死了。这是两种不同的"心病"。

钟馗上岗时,阎君给他一本点鬼簿,授命钟馗处置。

钟馗接受任务后,心想形势复杂,这种难治之鬼,倒是阳间最多,到阳间打鬼,难度很大。闹得如此之糟,大半由于人心太坏,要洗刷人心,非几句道德家言所可了事,要于饱食暖衣、高官厚禄之外,别有较高尚较纯洁的追求,才能净化人心。但是较高尚较纯洁的"东东",在这些人的心中,是没有"市场"的。想到此,他怒目圆睁,咬紧钢牙,手捧"花名册"(也叫"点鬼簿"),开始上岗。

俗话说:心病还须心药治,说的是不同的心病,有不同的心药。假如怡红公子不娶亲,林妹妹的心病兴许也不会犯。至于人们所说贪心、祸心、机心,药何在?谚云:人心似铁,国法如炉。党纪国法,扶正祛邪,尽量施治,有不少病情较轻的患者,已是药到病除,心跳恢复正常。

愿林妹妹安息。

2015 年 4 月 15 日

孔子卒因一议

顾业民先生在《孔子只活到73岁》一文中,认为孔子和其他圣人相比,不算寿长者,还认为,孔子之所以只活到73岁,是因为学生颜回英年早逝,对他打击太大,再就是因为鲁哀公西狩,杀死了吉祥物麒麟,使他大为伤感。认为杀死麒麟是个不祥之兆。自西狩归来,孔子不再看书写字,竟然连编修"六艺"的工作也终止了。据传,自那以后,孔子辍笔,将他的所有著作交给众弟子,命他们分头传抄,然后各藏一部。就这样因气郁损伤了身体(见《世界日报·副刊》)。顾先生这个分析是有一定道理的,73岁,确是走得倏忽。《左传》说:"上寿百二十年,中寿百岁,下寿八十。"73岁,连下寿都够不上。

不过,精神上的打击只是一个方面,我想接着补充一点,那时孔子的生活条件差,教学和政治活动繁忙,也是影响他健康的一个原因,尽管他很讲究饮食卫生。

孔夫子体育锻炼也不多,虽然也参加一些祭祀和文娱活动,也爱唱歌,但像游泳、弄潮、踏浪、踩水、泅渡、登高、秋千、鞠毬、射箭这类体育活动,就很少参加。在吕梁的时候,他见到瀑布从很高的山上倒挂下来,下面是一条湍急的河流,汹涌奔腾,就连大鼋、鳄鱼这类水中之王,也无法在水中游曳。孔子却惊奇地看见一个人在波涛中出没,在这样险恶的地方,他莫非有什么事情想不通而投河自尽?孔老师很着急,立即叫他的学生去搭救水中的男子。但那男子悠闲地游了几百米,又上岸来闲逛,披着头发,还哼着小曲儿呢。

孔子老师很奇怪,觉得这真是个不怕死的家伙!便追上去问他:"先生!"孔老师躬身作揖,"这样凶险的波涛,我还没有见过像你这样不怕死的。我以为是水怪呢,细看才知是人!你是如何能在水里不下沉的呢?"

那男子回答说:"我没什么诀窍,生在水边,天天下水摸鱼虾,习惯了水中生活,自然就会游水,熟悉水性了,这就是天命!"

顺应自然就可以驾驭自然。孔子很少参加水

上活动,成为"旱鸭子"是很自然的。

　　缺少体育锻炼,再加上生活条件不如现在,所吃的面粉,是土法磨制,多含灰砂,对消化不利。他除了讲课,还抢救礼乐,编诗歌总集,经常到诸侯各国出差,坐的是木轮子马车,在凹凸不平的石子路上颠簸行进,胃里袋着沉重的"食物",坐在车子里走着七高八低的道路,一颠一顿,一掀一坠,胃就难免犯病。他在陈蔡那个地方讲学时,断粮七日,学生皆面有饥色,他自己也粒米未进,只好打发学生四处讨米,以野菜煮粥充饥。那时没有财政补贴、研究经费,也没有资助,还不懂得"企业化管理",即使有个"高级职称",可能没什么待遇。常常是有一顿没一顿,他仍坚持上课,游说,身体因此也受到影响。鲁迅先生在《由中国女人的脚,推定中国人之非中庸,又由此推定孔夫子有胃病》中就考证孔子所以对吃很讲究,提出食不厌精,烩不厌细,食必有姜,是因为胃有毛病。因为胃肠不好,吃粗粮硬物易犯病,而常吃姜叮去口臭,"胃开窍于舌",大抵有胃病的人,口里总有一点臭气,所以孔子不得已"穷讲究"。

　　孔子弟子三千,师生情犹父子。弟子伯牛(冉耕)患了麻风病,孔子去看望时,因恐传染,冉子不让老师进屋。孔子只能隔着窗户探视,并把手伸进窗户,为冉子把脉,发现冉子气数将尽,不胜哀痛和感慨。这些精神上的创痛,无疑使孔子折寿,但生活的艰苦,贫寒,医疗没有保障,更是直接损毁了这位文化巨擘。

公元前479年,也就是孔子73岁那年,在去世前7天,孔子已经感到自己大限将至,他反背着手,拖着拐杖,在家门口一边蹒跚踱步,一边呜呜而歌:"泰山要倾倒了啊!梁木要朽断了啊!我要衰萎而亡了啊!"(泰山其颓乎,梁木其坏乎,哲人其萎乎!)落叶纷纷,景象凄恻。老先生对自己的身体不佳深怀忧虑。令人钦敬的是,直到临终,他还是用歌声来表达内心这种强烈的求生愿望。

2010年1月15日

王羲之"服食"考

书圣王羲之死得早,只活了五十八岁,还不到耳顺之年。

他的书法成就,家喻户晓,就不说了。他是怎么死的呢?

在魏晋时代,司马氏专制统治下,知识分子精神很苦闷,寄情山水,尽量逃离现实,寻求解脱。王羲之也不例外。在当时,"五石散"被认为是长生之药,就和早些年的"红茶菌"、"活鸡血"一样,而其实,不但没有保健作用,反而使身体受到伤害。王羲之同样没有从服食得益,反而影响了健康。

所谓"五石散","是一种毒药,是何晏吃开头的。汉时,大家还不敢吃,何晏或者将药方略加改变,便吃开头了。五石散的基本,大概是五样药:

石钟乳,石硫磺,白石英,紫石英,赤石脂;另外怕还配点别样的药。"(鲁迅《魏晋风度及文章与药及酒之关系》)

对"五石散"的"养生"功效,沈括在《梦溪笔谈》里表示质疑。孙思邈也说:"五石散是大猛急毒,宁可吃有大毒的野葛,也不要吃五石散。遇到这样的药方,就应该马上烧掉,勿使它成为人类的祸害。"并分析五石散是集诸药之弊性,集中起来使用,所以害人不浅。王羲之服五石散,大凡此类东西,他是来者不拒,"得足下旃罽胡桃药二种,知足下至,戎盐乃要也,是服食所须。"(《淳化阁帖》)他的身体因此越来越差:"吾服食久,犹为劣劣","服食求神仙,但为药所误"。

到后来,病情一天不如一天,从他和亲戚、友人的书信往返也可看出,他很为自己病情的加剧深感不安。如——

"吾顷无一日佳,衰老之弊日至,夏不得有所啖,而犹有劳务,甚劣劣。"(衰老帖)

"吾疾故尔沉滞,忧悴解日。"(近得书帖)

"吾昨暮复大吐,小啖物便尔。"(极寒帖)

"吾食至少,劣劣。"(寒切帖)

"仆脚中不堪沉阴,重痛不可言,不知何以治之,忧深,力不一一,王羲之顿首。"(旦反省)

"仆自秋便不佳,今故不善差。顷还少噉脯,又时噉面,亦不以为佳。亦自劳弊,散系转久,此亦难以求泰。"(转佳帖)

"得书知问,肿不差,乏气。"(肿不差帖)

"胸中淡闷,干呕转剧,食不可强,疾高难下治,乃甚忧之。"(昨还帖)

"吾夜来腹痛,不堪见卿,甚恨。"(夜来腹痛帖)

"吾故苦心痛,不得食经日,甚为虚顿。"(十一月四日帖)

"吾故不欲食,比来以为事,恐不可久。"(适欲遣书帖)

这些邮件,都是用毛笔写在纸上,随意挥洒,并不刻意于"章法",宋太宗将其收入丛帖《淳化阁帖》。可惜得很,这些书信往返,传递的是一种叫人徒增忧愁的信息。也就是说,这实际上是他的自述病历。归纳起来,无非说明自己有服食史,燥热,遇凉则佳。干呕,吃一点东西就呕吐,食欲大减,又胸中淡闷,干呕加剧,浮肿不消,伴有痛风症状,夜晚腹痛,体征衰弱,日显苍老。

2012 年

官道难矣

古兵书《三十六计》中，有许多是属于障眼法，如美人计、暗渡陈仓、声东击西、虚张声势、金蝉脱壳……都是以一种假象伪装掩盖其真正意图或目的。《水浒传》里，梁中书给蔡京送"寿礼"，出手阔绰，十万贯金银珠宝，雇用大队人马运送，车上还插着"生辰纲"小旗儿，招摇过市而有恃无恐。那"生辰纲"的小旗儿就是个障眼法：送点寿礼，没人会说不应该吧，纪检部门也不会为此去查问吧。还有"狸猫换太子"的故事，也是发生在大宋王朝，据说还是包公破的案——查出了这个调包案，替宋仁宗皇帝找回了自己的亲生母亲。

古往今来，障眼法总是一些人惯用的"拿手好戏"之一。试举几例：

公安政委:高考调包

湖南隆回县公安局政委王峥嵘玩弄障眼法,利用手中的权力,在高考中施调包计,将自己的女儿顶替平民孩子罗彩霞上了大学。其女参加2004年全国统一高考,总成绩为335分,未上普通高等学校本科最低录取线,而其同班同学罗彩霞高考总成绩为514分,上了普通高等学校(三本)最低录取线。因当年二本最低控制线分数为531分,而部分院校可在降低20分以内录取新生。

考上了的落榜,没考的反而金榜题名。里面大有文章。在王峥嵘眼里,官位的"名额"可以买卖,升学的"名额"也可以调包,他私刻了一枚"邵东县公安局红土岭派出所户口专用"公章,并伪造了罗彩霞的户口迁移证等证件,从而使其女儿冒用罗彩霞之名,顺利进入贵州师范大学就读。

身为公安干警的王峥嵘,还有受贿罪被判处有期徒刑三年、缓刑五年的前科,这回数罪并罚,决定执行有期徒刑四年。

住廉租房、穿补丁鞋的贪官

被老百姓称为"灯泡贪官"的重庆市照明管理局局长冉崇华，利用职权在灯具购销、发包工程、划拨工程款、人事安排中为他人谋利，并收受贿赂折合人民币288万元。为了掩人耳目，他玩起"租房"的障眼法，以"连房子都买不起"来欺骗舆论。

还有个贪官被纪检部门撸下马后，他家门口的补鞋匠说什么也不相信，其理由是，这个官员平时生活"很低调"，经常到他这儿来补鞋，现在的官员哪有穿补过的鞋子走路的？他哪知道，正是这个"艰苦朴素"的官员，家里藏着上亿现金，都是不义之财！处长穿补丁鞋、局长住廉租房，无非是障人眼目，老百姓老实善良，被他蒙了。

"阳光"书记 "持戈"书记

海南省文昌市原市委书记、正厅级干部谢明中，利用舆论工具，让马屁干部吹捧他："中国出了个毛泽东，文昌来了个谢明中。"甚至编顺口溜："风雨兼程三年多，文昌崛起唱新歌。劳苦功高是哪个？姓谢书记人人说。"在他的授意下，报刊、电视、广播一起上,说这个谢明中是文昌市"百年一遇好书记",真是东方红太阳升,哪知竟是海南20年不遇的大贪!

原浙江省纪委书记王华元有句话,是写给网友的:"网友朋友:阳光是最好的防腐剂",他不是在唱太阳礼赞,他压根也不喜欢阳光,他这么说,无非表明自己是天天晒太阳的官员,是不会有腐败问题的。善良的人们哪里想得到,这高调是发自一个没有阳光的灵魂,高调的背后,竟是他的斑斑劣迹!而"阳光题词"呢,也就成了障眼法的佐证!

山东泰安原市委书记胡建学是这样解析"钱"字:"钱是什么?钱是两个持戈的士兵守着的金库,伸手就要被捉。"他说这话的时候,振振有词,仿佛他就是那持戈的士兵,但转眼他便"监守自盗",将大把的公款、贿金往口袋里塞。被蒙的人们还以为胡书记在表演魔术!

……

要论坑三十六计,长于巧思,损益连弩,木牛流马,推演兵法,作八阵图,计谋多端,没人能与诸葛亮比,但诸葛先生的人品、官品,却是忠诚老实,第一优秀,为人们称道了一千多年。他从不在做人做官上玩三十六计。他有一点家产,都主动申报:"成都有桑八百株,薄田十五顷,子弟衣食,自有余饶。至于臣在外任,无别调度,随身衣食,悉仰于官,不别治生,以长尺寸。若臣死之日,不使内有余帛,外有赢财,以负陛下。"他死后,人们查了他的遗产,与他生前所申报的相符。

颜真卿在他的《争座位稿》(即《论座位稿》)里说:"行百里者,半九十里,言晚节末路之难也。"任何时候,为官之道都很坎坷,不容易走好,不特晚节末路。颜真卿正色立朝,铁骨铮铮,其书如人,初识令人生畏,交久则有谅直敦厚之感。可见心正则官正,则品正,则身正,则字正。

2006年3月4日

说说"开光"的执法车

湖南某地一"执法"部门,买了一辆新的"执法车",挂上牌照,喷上"××执法车"几个斗大的字,威武气派。可新车上路,一倒车就撞了别人的车。不怪自己安全意识差,只怪风水流年不利,赶紧把车开到南岳山,请两位和尚摆上香案,对着"执法车"仗剑烧符,念咒开光。"开光"以后,一路春风开下山来。

"执法车",意即拥有执法权的车。既然执法,一定懂法,而交通安全主要是靠法规来维系的,"执法车"靠"开光"上路,岂不是让菩萨来执法?禅宗故事里说,在隋大业十二年,吉州城被重兵围困,道信禅师教城内群众念"摩诃般若波罗蜜",竟使围城士兵自动退却数十里,难道执法部门对楞伽经的神力早就听说,深信不疑,欲作一试?"城管执法车","知识产权执法车","依法行政车","环保执法车","卫生执法车","司法局警车","交通协管巡防队（警车）","高速公路稽查车""综合执法车"……这些形形色色的"执法车"，有货柜车，也有面包车，还有豪华大巴（如某地司法局的豪华大巴车身就印着"警车"两个大字），小轿车，摩托车，大卡车……是不是一经开光，就通体发光，怪力乱神见之丧胆？我孤陋寡闻，记得佛经上说过：人都有一双眼，这是非常幸福的，能看到世间万物。但是有的人一双眼只看到别人，却看不到自己。禅经认为，人的眼睛要善于观照自己，看到自己的心。这就叫观心证道。人的欲念是不容易消除的，几年甚至几十年还消除不了，这个消除过程是很痛苦的。文殊菩萨骑在豹子身上，手握利剑，就是启发众生斩断欲念。

所谓观心，就是时时检查自己，端正自己的心理行为。心理行为端正了，种种贪念才会消除，心如明镜了，自然就成为"明白人"。包拯执法"明镜高悬"，他这样的明白人，是装不出来的，人的一双眼睛，是观心，还是观人，是瞒不住的。车子开了光，开车人心猿意马，还是难免南辕北辙，走错方向，一不留神，还会出事故。一出了事故，就去找菩萨。这就叫闲时不烧香，急时抱佛脚。当然这是个借喻,禅宗并不希望信众烧香叩头,即心是佛,还是说的一个"心"字。

人们看见,很多时候,执法车并不执法,而是用于执行别的"杂务",被老百姓称为"多功能车"。游览观光,装运特产,赶饭局,泡桑拿,接送子女亲戚……甚至干些与法相悖的勾当。猫以为鼠,鼠以为猫,说不清道不明。老百姓是没有谁敢去查"执法车",上级也管不了那么多,所以还是靠自己的观心。

执法车,好像告诉人们,这车是握有执法大权的,但执没执法,怎么执法,执什么法,老百姓是不知道的,"执法"者自己也未必说得清楚。加上到庙里开了光,更是有求必应,吃嘛嘛香,干嘛嘛顺,春风得意,有恃无恐。

但坊间百业,各事其所,各执其艺,行政执法部门也一样,各司其责,不必把"权"字放得老大,生怕人家没看见,生怕不威武。真正执法,应该实事求是,调查研究,秉公办事,不弄权,不装腔作势,明镜高悬,明镜在心,这样才能无怒而威。

2008年7月8日

设个"提醒办"?

"聪明人也要提醒",人在生活中常常遇到善意的提醒,"走路小心点","别忘带钥匙","请准备零钱"……诸如天气、世情、交通、健康……种种提醒,使人变得更聪明,思考更全面,尽量做到万无一失。这种好的世态,在中国延绵了几千年。即使今天,譬如台风将至,气象台挂起了风球,报纸电视台有许多的提醒,以保证安全度灾,也使我们感到不是面临灾害,而是面对着人与人的互相关切,心中油然生出一种安全感——这是足以抗击灾害的。

有些时候,"提醒"太多了,反而使人糊涂。诸如市场上发现劣质酱油,"有关部门"就"提醒"消费者注意识别什么什么标志,发现假冒药材,也"提醒"消费者多问问专家再买,发现有毒大米,又

"提醒"消费者买米时多闻多看,或用手搓,米质差一搓就有粉尘……应该说,这些购物常识,掌握一些并没有什么坏处,问题就在于,消费者要花很多的精力记住这些"提醒",进得商场,如临战场,惟恐稍有疏忽。商场最爱说的一句话是"宾至如归",这种"家"的感觉,主要体现在放心购物上,如此提心吊胆,战战兢兢,如何"如归"?

发布"提醒"的"有关部门",不能说不是好意,但问题就在为什么商场这个"消费者的天堂"里,竟然会有"陷阱"。本不应该"提醒"的,偏偏"提醒"满天飞,说明伪劣假冒商品已经"抢滩",这个时候,耳边不断传来"提醒",会是一种什么滋味儿?

是无奈?还是失职?如果"有关部门"是常常向制假售假者"提醒":让他们明白制假售假该当何罪,那才是常理。工商部门、食监、药监部门、商场检验部门,相信都有人手、设备,不必再设"提醒办",有些提醒当然很有必要,而并不是一切"提醒"都常规化、制度化,不然,还要"检"、"监"干什么?

面对自然灾害,需要互相提醒,是为了避免不必要的牺牲和损失,因为我们尚不能完全驾驭和战胜大自然的种种变故。但对制假售假这样的人祸,如果仅仅处于防守的状态,像面对台风洪水地震一样,那就是一种颓势,一种悲哀。

"此处没有假冒伪劣商品,请您放心购物",这样的提醒,才是使消费者高兴的提醒,这一天不久就会到来吧,我想。

2005 年 3 月 15 日

闻"谁叫他救我"有感

一位保安为了抢救落水女青年,以身殉职了。事后有人告诉这女青年:保安是为了救你而牺牲的。得到答复竟是冷冰冰:"谁让他救我!"

对这种人的无知,怎么评价,自有公论,但有一点似乎可以肯定,假如她看到别人落水,她是不会下去抢救的,因为在她看来,得有某种功利,让她那么去做,没有这个前提而勇于救人,她认为是莫名其妙的。

助人为乐,关心他人,维护社会公德,扶正祛邪,扶贫帮困……在有的人看来,也有个讨价还价的空间,不是公开讨价还价,就是在自己心里打小算盘。后者似乎更多一些。在生死关头,在需要自己付出的时候,传统的道德和良知,这种高尚的精神动力,在有的人身上就一点儿也找不到了,形成后天的苍白。其所想的,是合不合算,对我自己有什么好处,素不相识,为何要救,救了他会谢我?……这个女青年的反问,大要就是基于这种所谓新的价值观念吧!

据报道,广西某市有人要跳楼寻短见,站在高高的楼顶上,下面是黑压压的围观者。这时候,有好事者提来许多的望远镜,在围观的人群中穿梭兜售。——用望远镜看热闹,岂不更精彩!能够更清楚地亲见楼顶上的人是怎样的模样,以及怎样的纵身一跳,然后怎样的肝脑涂地,血溅黄沙……然而,空中飞人的场景最终并没有出现,警员冲上楼顶,将这个人解救,——望远镜据说是卖掉了不少。

卖望远镜的小贩,也是抓紧商机,满足"市场需要",抓几个收入。至于楼顶上寻短者的痛苦和安危,他是不关痛痒的。他唯一的希望是,如何在黑压压的人丛中,寻找更多的买者。

在北风中赶路的老女人因破棉背心没有上扣,兜着了车把,摔倒在地,并不是车夫的责任,可以不予理会,但是车夫停了下来,放下车,扶起伤者,一同到巡警分驻所接受处理。鲁迅对这样一件小事,非常感动;车夫的自责,并不取决于他的文化和学养程度,也正是这种下层劳动者能够引咎停车,使鲁迅感到一种威压。"将我从坏脾气里拖开,使我至今忘记不得","使自己时时熬了苦痛……叫我惭愧,催我自新,并且增长我的勇气和希望。"(鲁迅《一件小事》)他给了车夫一把大铜元后,自己徒步迎风前行。

最近还读到一篇文章,呼吁人们当心变得无知,在这个物欲横流,是非不分,有的人甚至只剩下一副苟活的皮囊的时候。

人活着总要不断地完善自己,用庄子的话说,这种完善是无涯的,人不到停止呼吸,这个完善就不能终止。

鲁迅从车夫身上找到过的一种东西,现在还能从一些默默无闻但过得很充实的人们那儿找到。这种东西,我想就是一个伟大民族的精神质量,以及作为人的真正价值。

人的灵魂,永远也不要待价而沽。

2003 年 10 月 5 日

书法展留言

参观一个书法展览,看到不少佳作。

听说参加展览的作品,在章法、布局甚至尺幅和装裱上,有一定的要求,还听说装裱一幅书法作品,要花费几百甚至上千元,当然,装裱的目的,是为了更有观瞻的美感,但是否一定要装裱后才能进展厅,就像要求一位朴实憨厚的农民西装革履登"大雅之堂"?

我想,除了馆阁体外,够得上参展的其他书体如行草等等,是否一定要装点?假如是一幅难得的非常有水平的大作,这么一装裱,说不定就此定了终身,给以后的研究和再版带来许多不便。

书圣王羲之很少刻意作书,据说除《乐毅论》是他亲书于石以外,其他都是纸素所传,书信占了相当的比重。他一生写了很多书信,这些信件,是在书房、油灯下书写的急就章,纸笔也似乎不太讲究(当然不是一概而论),有不少是向友人陈述他的病情,读之使人徒增伤感。但这些信件,其功底的深厚,布局和笔势,不事雕饰,浑然天成,被后人称为法书,法帖,宋太宗还将其收入丛帖《淳化阁帖》。假如都加以装裱,就无法入帖了。

现代科技水平,可以仿制,甚至达到"克隆"的效果,但对于书法作品,"复制"毕竟是退而求其次的手段,而装裱则更是"舍本求末"了。

宋仁宗下敕要蔡襄书写《温成皇后碑》付刻,蔡襄不干,曰:"儒者之工书,所以自游息焉而已,岂若一技夫役役哉?"(《宋史·蔡襄传》)他拒绝了这个"敕命"。他的理由是,读书人写字,完全是自己的兴趣,哪能像书匠一样劳作不息?"公于书画颇自惜,不妄为人,其断章残稿人悉珍藏。"(同上)他对写字颇自惜重,不轻为书,所以他写的书信诗稿,哪怕是断章残篇,人们都藏以为宝。

苏东坡的看法也是"书初无意于佳乃佳尔",意思是书写前不刻意求好,字才写得好,才有自然天成的佳作。蔡邕也说"欲书先散怀抱",心中无挂碍,诸事放下,情绪清逸,就能够得心应手。若心猿意马,过度雕饰,矫揉造作,难免匠气十足。总之,写字是件轻松愉快的事情,不必刻意为之。

这就好比写文章,懂得一些语法修辞知识并不是坏事,而写作时一味拘泥于语法修辞,则无法写出好的文章来,还是直书怀抱,才能表现自己的气概和功底。

字的本身,没有什么佳与不佳的问题,"孔夫子不嫌字丑,只要笔笔有",先做到"笔笔有",才可"笔笔正",然后渐入佳境。刻意求佳,模仿某书,其实是"蔽于好胜之心而不自知"(欧阳修)。平时玩摩写得好碑帖、手稿和书信,增进自己的修养,养成多用毛笔书写的习惯,了然心会,则可望登堂入室,离成家的道儿也就不远了。

办书法展,是件很有功德的事情(设一个留言簿更好);送展作品,不必都要求豪华装裱,好作品靠的是功夫实在,毕竟不是时装展。

2008 年 11 月 28 日

"一台菩萨一人耍"

皮影戏在中国戏剧发展史上，有着很重要的地位。一是历史悠久，相传产生于秦汉时期，至汉代已经传入平常百姓家了。二是皮影戏（包括木偶戏）剧本有完整的故事情节，有唱词道白，有人物角色，这个特点，被元曲吸收，产生了杂剧。所谓杂剧，即来源复杂之意，其中就包括有皮影木偶的脚本特点。

皮影发展到现在，并未退出舞台，可见其生命力之强。现在农村，逢节气仍有唱皮影戏的，如正月间拜贺、春耕祈福、五月端阳、八月中秋、秋收扮禾……，还有就是拜祖祭祀。当锣鼓一响，四面八方的乡亲都来了，山坡、田垄的小路上挤满一堆堆的人，晚上还打着灯笼火把，带着小凳子，大呼小叫，热闹得不得了。

湖南的皮影戏是老百姓喜闻乐见的戏剧形式,剧作家田汉曾说:"影子戏是我接触戏剧的起点。"这种"影子戏"(也叫"灯影戏"、"土影戏",有的地区叫"皮猴戏"、"纸影戏",陕甘宁交界处的甘肃环县地区叫"吼塌窑")。

前清时期,皮影戏就已遍布湖南城乡,长沙市就有六十多个皮影戏班、五百多名艺人;到民国初年,还保留四十多个班子、四百多位从艺人员。一个班子有五、六个人,全部道具仅两只木箱而已,一根扁担挑起,就可以走乡串户巡回演出,可谓轻车简从,非常"聊撇"。

演出地点也随遇而安,禾坪、堂屋、田垄、北方的黄土窑洞中……到处都可以演。在西北窑洞演出,宽敞豁亮,音响灯光效果都特别好,别具风采,所以当地观众群众称之为"吼塌窑"。

皮影戏大都是包场,演一场大概两、三百元,节目可以随意点,如《龟与鹤》、《狐狸与乌鸦》、《三只老鼠》、《肥猫哥儿》、《会摇尾巴的狼》、《猩猩与天鹅》、《梁红玉》、《守株待兔》等,以寓言和历史故事为多。

据说湖南湘潭县响塘乡老艺人吴升平曾是皮影戏的明星,独创了面部拉眼皮瞪眼的表演绝技,能一个人操作唱一台戏。很多人登门拜师学艺。

皮影戏实际上与木偶戏一样，是傀儡戏的一种。过去多为两人班，渔鼓伴唱，后来增加锣鼓、课子、胡琴。节目多达两千多出，由民间传说、寓言、历史故事、戏曲剧本改编的桥路编成。

皮影戏的角色是以兽皮或纸板制作而成，需要有高超的手工技艺，河北滦县一带的驴皮影和西北地区的牛皮影较为著名。今春我在西安看了一场皮影戏《龟与鹤》、《猪八戒招亲》，还看了皮影的制作。艺人们将皮革雕刻成各类人物，还有山水、屋宇、厅堂等布景，工艺十分精细，要求很高。艺人们把制作工艺总结为："先刻头帽、后刻脸，再刻眉眼鼻子尖，服装、髮鬚一身全，最后整装把身安，刻成以后再上色，整个制作就算完。"

他们还告诉我，皮影人物分生、旦、净、末、丑等角色，还有各种鸟兽、树木、云彩、山水等，舞台布景则有帷幪、城寨、房屋、亭院、车马和家具等，都呈现出丰富的情境，全出于手工精雕细琢。当年的元杂剧大概就是吸收了这些元素。

皮影的音乐，各地大异其趣。湖南皮影戏基本上以湘剧和花鼓调为主，常德即以丝弦见长，而西北地区则带浓厚的秦腔声口，湖北皮影戏以渔鼓道情为主，河南的梆子和坠子。

西北地区称为"嘛喤"（即帮腔）的，与湘剧高腔的主唱领起，乐队全体合声，颇相类似。这种声腔每至高潮动情处，一人领唱，全体帮腔，气氛浓烈，娓娓动听。其道白有散白、韵白两种，以地道的土话，夹杂民间俗语、谚语、歇后语等，幽默风趣诙谐，充满乡土气息和民俗风味，让听众倍感亲切。

至今，民间还流传着许多关于皮影戏的谚语，如：

隔纸说话　影子抒情
三根竹能文能武　一片皮呼圣唤贤
一口述说千古事　两手对舞百万兵
文臣武将三竹竿　男婚女配一张皮
有口无口口代口　似人非人人舞人
白昼间木人作怪　夜晚时皮影成精
千秋英雄灯下舞　万古豪杰手内提
浑身武艺凭人舞　满腹文章借口传
三根竹妙舞刀枪剑戟争胜负
一片皮巧扮生旦净丑有忠奸
一套锣鼓一人打　一台菩萨一人耍

皮影戏的操作难度很大，操作者技巧令人叹服，长达三、四个小时的唱腔道白全由主演者一人担当,男腔女调、多腔并用,旁无提词,全本贯通。演唱念做,声情并茂,挑线操作,一丝不苟。

2013 年 4 月 12 日

胡适写民歌

胡适先生以整理国故为己任,对哲学、诗歌、佛学、文学、批评……有独到的研究,可谓博大精深。最近读书,始知这位在故纸堆里泡了一生的学者,对民歌也有相当的兴趣,并动手创作写民歌。

三十年代,胡适在文学院当院长的时候,曾和周作人、杨振声及朱光潜等人发起民歌民谣研究活动,并且身体力行,自己带头编写了一些民歌,通过这些民歌,歌颂男女间坚贞不渝的爱情。

从语言上看,虽然还未脱尽文人气息,但那种中国农村的情韵,却使人感受得到。民歌常用的比兴手法,胡先生运用得十分娴熟,仿佛一股清泉,自先生笔端流出。

这件事在商金林所著《朱光潜先生学术传记》

中也有记载:"一九三三年七月,朱光潜结束了八年留学生涯回国后,经武昌高师的同学徐中舒介绍,结识了北京大学文学院院长胡适。在读过朱光潜的《讨论》初稿后,胡适立即决定聘请朱光潜出任北大西语系教授,主讲西方名著选读和文学批评史。……工馀,朱光潜与胡适、周作人、杨振声等'京派'文人交往较多,组织'读书会',研讨系统的诗学理论;组织'中国风谣学会',尝试'新诗民歌的诵读',以及将民间小曲用新式乐器作种种和声演奏试验。"可见胡适当时对民歌的研究是很有兴趣的,这些研究包括采集、编写、唱诵,虽然时间不长,或者说由于种种原因未能持之以恒,弄出成果,但从这些资料看,他是有心向民间文学学习,并且做了一些工作的。

胡适垂范,向我们说明,从事学问研究、文学写作和艺术创作的人,不能忽视对民间文学和民俗民风的学习和研究。民间蕴藏着极其丰富的文学养分,胡适非常看重这一点。而纵观历史,哪一位伟大的文学家、艺术家不是从民间文学吸取营养而成其大业的呢?

孔子土编的诗三百篇,也都是民歌民谣,从几千民歌民谣中反复吟诵,反复筛选,可见工程的浩繁。"……有姓名可考者,唯家父之《南山、寺人孟子之《蓼菲》、尹志甫之《崧高》鲁奚斯之《宫》而已，此外皆不知何人秉笔。"（袁枚《随园诗话·七》）前人对生活、对民间蕴藏的大量文学素材如此勉力研究和发掘，很值得学习和继承。今人多重名利，且偏重文学的帮闲性，信口开河，敷衍成文，差错百出，甚至偷盗成风，如果这也叫创作，那实在是中国文人的不幸和悲哀。

民谚云：磨刀不误砍柴工。花点时间，下乡走走，对作家艺术家来说，是生存的必要。像胡适那样，学习写民歌。

2015 年 11 月 2 日

山乡小径几道弯

幼年是在乡间度过,和许多人一样,对乡间的一草一木,留有深刻的印象。每当回忆起那里的山山水水,绿树花丛,蛙鸣鸟啭,瓜果甘香……心里充满对大自然的感恩之情,那种深爱,常常不能自已。

那曲曲弯弯的乡间小路,我曾是众多的行者之一。它穿过村落,穿过田野和荒漠,越过干涸的河床,翻过小小的山头,连接着村与村、人与人。路面的泥土,虽然凹凸不平,但被踩得紧实,用锄头挖它不动,唯有雨天,它就变得黏糊糊的,粘掉路人脚上的鞋子,稍不留意,还会叫你仰天一跤,摔得得满身泥泞,狼狈不堪。而只有赤脚走在这条路上的人,从不见他滑倒,他的脚丫像铁爪一样,钳住泥巴,稳稳当当迈向前去。有人说,乡间的路是赤脚汉走的路,是庄稼人走的路。

你一定读过艾青的《手推车》,写得多么形象:

> "……在冰雪凝冻的日子
> 在贫穷的小村与小村之间
> 手推车
> 以单独的轮子
> 刻画在灰黄土层上的深深的辙迹
> 穿过广阔与荒漠
> 从这一条路
> 到那一条路
> 交织着
> 北国人民的悲哀"

赤脚汉和独轮车,是乡间小路的开拓者。

乡间小路总是弯弯曲曲的,像老农手背皮肤下的静脉。那弯曲是自然而然的。这一条路和那一条路,都不是以一个模式延伸,各依各的形态,编织着对生活的共同憧憬和向往,时而汇合,时而分道扬镳,时而蜿蜒远去,时而曲径通幽。

我对小路的弯弯曲曲,感到神奇,它为什么老是绕弯弯呢?而村里人也似乎习惯这样出行,这种弯曲的思维定势,也像小路一样牢牢地交织在人们的脑子里。

从我住的老屋场出行,到附近的墟场,我数了一下,一共拐了十六个弯。我慢慢走着,在每一个拐弯处,我彳亍,思索,我发现——

第一个弯,是绕过何叔家的鱼塘,这鱼塘不大,何叔已经经营了很多年了,逢年过节,他全家把网一拉,嗬!好几百斤活蹦乱跳的草鱼、鲢鱼、鲤鱼……全村人的餐桌上,都少不了何叔鱼塘的鱼。

第二个弯,是绕开发嫂子家用篱笆围着的菜园,茄子、扁豆、丝瓜、辣椒……她每天担水浇菜,头天晚上将瓜菜摘下洗净,第二天清晨送到集上卖钱。

第三个弯,是绕开一株老槐树,老人说,当初这棵树还很小,长在路中间,老祖宗说,落地生根,不也和咱人一样吗,决定不移走,人是活的,绕开一点不就结啦!于是直行的路在这儿拐了一个弯。

还有细舅家那破房子,尽管断壁颓垣,毕竟是他祖上传下的基业,已经上百年了。村长说等以后村里有了钱,大家给他拾掇拾掇,弄一个新院子;

那土地庙前,是上香的人踩出一条岔道,主道在十几步之外就绕着过去了……

还有田间几口井,水质很好,甘洌清凉,行路人常喝这水解渴,为了保留这井,小路又拐一个弯……

我坐在老槐树下思索;槐树正开着花,一串一串挂在树上,香入心脾。

小径弯弯曲曲的真正含义是多么深刻、丰富,多么富有情义! 这弯弯曲曲,就是数代人生态的版本。读懂这本"书",就知道世上原本没有路,"走的人多了,也就成了路";更不会永远有直路,因为有山、有树、有井、有房子、有鱼塘、有篱笆、有庄稼……

想起清人袁枚写了一本《随园诗话》,"随园"者,"小筑随高下,园池皆自然"也。因山势高低不平难加砖石故,小筑之"随",平实质朴,不为渊驱鱼,为丛驱雀,与自然相融合,和谐共存,生机盎然,怡然自适,实乃识者之为也。

可爱的曲径,我永远的心路!

2012 年 1 月 17 日

袁隆平的梦

被誉为"杂交水稻之父"的袁隆平,在三亚试验基地曾做过一个梦:梦中杂交水稻的茎秆像高粱一样高,穗子像扫帚一样大,稻谷像葡萄一样结得一串串,他和他的助手们一块在稻田里散步,在水稻下面乘凉。

这是多么美妙的梦境!多么美好的憧憬!使人们不能不为一位水稻科学家对事业的如醉如痴,梦魂牵绕,发出由衷的赞叹!

袁隆平投身杂交水稻研究,一干就是几十年。他说,搞这个研究工作,是很苦的,头上有太阳晒,脚下是泥和水,但是在这里有希望,有目标,有成果,所以只感到快乐。几十年来,除了出席必要的场合,他基本上是默默无闻,孜孜不倦地从事他的研究。衣着简朴,饮食清淡,闲时拉拉小提琴自娱。

他的快乐,他的充实,来自他所执着的事业。而这种对事业的执着,又来自他对国家和民族的责任感。他认为,粮食在国家和人民心中的重要地位,是无可替代的,因此他的事业是神圣的,百折不挠的。世界杰出的农业经济学家唐·帕尔伯格在他的名著《走向丰衣足食的世界》书中说:"袁隆平为中国赢得了宝贵的时间,他增产的粮食实质上降低了人口增长率。他在农业科学的成就击败了饥饿的威胁。他正引导我们走向一个丰衣足食的世界。"

他总结自己一不怕失败,搞研究是难免失败的,怕失败就不要搞研究;二是淡泊名利,人活在世上,要高尚一点,思想境界要高一点,不要斤斤计较名利得失,过于计较,一旦得不到就很不痛快,甚至"舍我其谁",搞学术腐败,不负责任地发表与自己专业无关的言论,上电视做广告;三是生活俭朴,身体要好。这是一位做学问的人的人生三昧,很值得玩味。

从本质上讲,这也是一种思维方式。做学问,要耐得住寂寞,有"咬定青山不放松"的气概,不趋时,不趋利,不赶时髦,不做"时尚才人",不要把自己当"商品"。"郑之鄙人学为盖。三年而大旱,无所用,弃而为桔槔。三年而大雨,又无所用,则还为盖焉。未几,盗起,民尽戎服,鲜用盖者。欲学为兵,则老矣。"(《孟子》)不顾自己的实际情况,哪里钱多,就往哪里钻。搞文学专业的改行当律师,学遗传的去当会计,学考古的偏往仕途上挤……所谓"跳槽",不注意"生态环境",往往给自己出难题,结果像郑人一样,成了失败的典型。带来的是喜还是忧?假如做学问的人一味适应"市场需要",想多出几个袁隆平这样的科学家,只能是一个良好的愿望而已。

除了跳出"市场"思维模式,选择自己的专业,也要根据自己的性情所近和能力所及,在这点上,胡适先生曾有一段话说得很好:他说,他已经六十二岁了,还不知道究竟学什么?都在东摸摸,西摸摸,"也许我以后还要学水利工程亦未可知,虽则我现在头发都白了,还是无所专长、一无所成。可是我一生很快乐",因为他没有依市场经济的需要的标准去学时髦。"我服从了自己的个性,根据个人的兴趣所在去做。希望青年朋友们,接受我经验得来的这一个教训,不要问爸爸要你学什么,妈妈要你学什么,爱人要你学什么。要以自己性情所近,能力所能做的去学,这个标准很重要"(《胡适口述自传》)。

生态环境对种水稻很重要,古人概括为任地、辨土、审时,违背这些自然规律,就叶大实少,多秕厚糠,食之不香。做学问也是如此:"强扭的瓜不甜",也要看"天时"、"地利",不能光盯着几个钱。从心理准备上讲,心猿意马难以达到彼岸,束腰禁欲,也不会爆出灵感的火花。袁隆平赞成这样一个公式:知识+汗水+灵感+机遇=成功。假如去掉"灵感",就是"苦行僧"的哲学。灵感产生于快乐,产生于"性情所近,能力所及"的专心致志。——这是成功的关键。

人生倏忽,把生命的光束集中在这一点上,深入地学下去和做下去,心无旁骛,就会有所成就。人之伟大,也就在这些地方。不给自己出难题,人生才会快乐。色诺芬说得好:大黄牛心目中的上帝,也只是一头牛。

作为"杂交水稻之父"的袁隆平,他把理想、生命和爱付诸自己的事业,他的人生是快乐的,他的梦也是快乐的,温馨的。

2009 年 5 月 1 日

如切如磋

"美"二题

一

"绘事后素"是孔夫子的一个美学观点。

子夏问孔子:"诗里面说,有的女子笑起来很迷人,眼睛大大的,而且黑白分明,即使素色衣服,在她身上也显得那么绚丽灿烂。这话怎么理解?"("巧笑倩兮,美目盼兮,素以为绚兮,何谓也?")孔子回答说:"绘事后素。"意思是说,这就像将帛染成各种色彩一样,是以素净为基础的,任何美的魅力,都是在朴素纯净的基础上产生的。这是一个很原始、很朴素的美学观点。就好像吃东西,虽然"口之于味,有同嗜焉",但先吃过糖的口,再去尝水果,就只会觉得水果是酸的。

孔夫子讲究穿着,对服饰的款式、实用性,以及色彩的搭配,都有他的主张。他认为衣服要讲究内外色调的调和,如羔裘是黑色的,应该配以黑色的面料;白色的麑裘,最好配以白色面料;黄色的面料,应和狐裘相配。平时在家里穿的休闲服,可以长一点,暖和一点;右手的袖子要短一些,便于做事和写字。当然,朝服、礼服之类就不能独短右袖。总之,朝有朝服,斋时有斋服,浴后有浴衣,吉服不可居丧用,休闲服不可穿了去上班。甚至缝线也有讲究,正面的面料不可缝斜线。夏天穿粗葛布衣太透肌肤,出门要穿件罩衣……这些服饰设计方面的见解,在《论语·乡党》里有记载。

屈原也很喜欢服饰美,而且从幼年到老,一直兴趣不减。你看他一身峨冠博带,环佩璆然,拷剑昂首,英姿勃发。他甚至主张政治上也要三美:英主就是美主,举贤授能就是美政,自身道德修养就是美德,这是很独特的见解。

服饰的作用,一是遮体,二是美观。而所谓时尚,就是最新的款式,最新的潮流。孔子独短右袖的休闲服,在当时就是一种时尚。

魏晋时期的何晏,喜欢穿花衣服,尤其喜欢女人的服饰。同时对容貌美的讲究也不比今人逊色。他走路都注意地上的影子是不是美,虽然过于刻意,说明他对容貌姿势的美颇为追求。他的肤色好,是吃汤面所致,《荆楚岁时记》也有记载:面粉有美容的功效,何晏所以肤色很好看,与常年吃面食有关。

现在对美的追求无论在程度上、规模上、技巧上,都超过古代,如隆胸、隆鼻、拉皮、文眉、抽脂、减肥、整形、变脸、变性……为伊消得人憔悴,衣带渐宽终不悔。网上有歌谣流传:

> 人老珠黄去拉皮,黄瓜涂漆充绿皮。
> 刚刚吃饱又抽脂,裤子要穿露脐滴。
> 有饭不吃吃野菜,人露胸背狗穿衣。
> 假胸假牙假鼻梁,一身都是高科技……

这些所谓"新潮流"、"个性化","美"得令人看了寒气逼背,目屙难免,夜难入寐。

"绘事后素",中庸朴素,很有道理,到美发店里刮刮胡子,理理发,甚至化个妆,都不过分,容光焕发,既悦目又赏心,恰到好处,孔子一定是赞成的。但如果因过分讲究,不计后果,弄得皮肉受苦,伤筋动骨,毁容或落个终身残疾,那就甚矣哉。

东施效颦,为什么会把人吓跑?她本来也还算漂亮,偏要去模仿西施的病态美,不讲实情,就弄巧成拙了;把人都吓跑,那还谈得上什么美呢?

2006年7月19日

二

电影《巴黎圣母院》里有个丑陋的敲钟人夸西莫多,当他看到能歌善舞的吉普赛女郎,禁不住连连叨念"美!美!……"

文汇报"笔会"副刊有篇文章,谈到伏尼契,说到她笔下塑造的牛虻形象,并不是一个无所不能的完美的"高大全",牛虻是有缺陷的,他还是个瘸子,口吃者。

人一有缺陷,外形就不很完美,阿瑟口吃,走路一瘸一拐,与我们某些作品中的高大孔武的"英雄形象",的确不一样。有些影视作品,甚至把这类人安排成反面人物。或者刻意把英雄人物身上的某些缺陷淡化掉,以树立"高大全"的"完美"形象。这是违反生活真实也违反美学原则的伪文学。伏尼契作品的真实性也就在这里,她没有任何塑造革命英雄形象的框框,她笔下的牛虻并不是不食人间烟火的神,而是一个极普通甚至比普通人更糟糕"残疾者",情绪激动时,口吃得连话都说不出,也正是这样的人物所表现出来的革命事迹,具有真实感人的力量。试想,一个健全福泰的白面贵人,他会产生参加社会革命的动机吗?他会有那样坚毅的力量和勇气,能在刑场上倒下又站立起来,面对刽子手发笑,骂他们"枪法太差劲"吗?

塑造英雄形象,就是塑造美的形象。而自然美并不等于艺术美。

敲钟人夸西莫多,是一个相貌奇丑的穷苦人,从自然美的角度看,无法说他形象完美,但是经过艺术的塑造,使自然丑变成艺术美,就使作品十分真实感人。朱光潜曾经谈到这一点:"听到那位既聋哑而又奇丑的敲钟人在见到那位能歌善舞的吉普赛女郎时,结结巴巴地使劲连声叫'美!美、美……'我不禁联想起'美的定义'。我想这位敲钟人一定没有研究过'美的定义',但他的一生事迹,使我深信他是个真正懂得什么是美的人,他连声叫出的'美'确实是出自肺腑的。一听到就使我受到极大的震动,悲喜交集,也惊赞雨果毕竟是个名不虚传的伟大作家。这位敲钟人本是一个孤儿,受尽流离困苦才当上一个在圣母院敲钟的奴隶,圣母院里一个高级僧侣偷看到吉普赛女郎歌舞,便动了淫念,迫使敲钟人去把她劫掠过来。在劫掠中敲钟人遭到了群众的毒打,渴得要命,奄奄一息之际,给他水喝因而救了他命的正是他被他恶棍主子差遣去劫夺的吉普赛女郎。她不但不跟群众一起去打他,而且出于对同受压迫的穷苦人的同情,毅然站出来救了他的命。她不仅貌美,灵魂也美。这一口水之恩,使敲钟人认识到什么是善和恶,美和丑,什么是人类的爱和恨。"他帮她报仇,替他识破恶棍的阴谋,以至处死恶棍。"这个女郎以施行魔术的罪名被处死,尸首抛到地下墓道里,他在深夜里探索到尸首所在,便和她并头躺下,自己也就断了气。"(朱光潜《谈美书简·从现实生活出发还是从抽象概念出发?》)他认为艺术美并不等于自然美,如中国传说中的的钟馗、济公、孙悟空……其形象丑陋不堪(自然丑),但正是这种自然丑烘托了人物的心灵美,使自然丑变成艺术美。

曾经有过这样的历史,将哲学的认识论统领所有的领域,用政治上、哲学上、道德上的演绎方法来解释美学。殊不知,哲学的认识论和美学的感知论,是人类社会生活中不同性质的两个诉求范畴。由于美学研究的一波三折,至今在文学和影视方面的美学探讨仍然谨言慎行,在树立人物形象的描写中,有一些作品仍然不能超脱"高大全"的窠臼,不愿意花力气从生活中发掘艺术美,甚至录用不具表演素质徒有一张漂亮脸蛋的广告模特出演主要人物,举手投足都带有浓重的模特味儿,一个新四军女兵居然走猫步,这样"美"则"美"矣,但离生活的真实就越来越远,就不能感动读者和观众,相反的给人虚假或近乎"媚"的"花瓶作品"印象。

"高大全"的东西,是人们杜撰出来的。但活生生的人物,总不是十全十美的,英雄人物更是如此,某些缺陷或弱点,也许正是联系他的命运、成就他一生的东西。

阿瑟面对刽子手,一点也不口吃,表现了他的平静、淡定,这正是英雄的本色。假如换成一位演说家,滔滔不绝,痛骂一顿,哪个更能打动读者呢?

2009 年 7 月 13 日

辞书的"雅量"

因检索"身丁钱"一词，查了一些数据，知道晚唐人颜仁郁有一首《赞神曲》，原诗是："村南村北春雨晴，东家西家地碓声；麦黄正满绿针密，稻黄无际红云平。前年谷与金同价，家家啼哭伐桑柘；岂知还复有今年，酒肉如山祭春社。吏不登门白昼眠，老稚雅乐如登仙。县里归来传好语，黄纸赎放身丁钱。"

关于"身丁钱"，《辞海》的解释是"买人做奴仆的价格"，也指"赎身"的钱。宋以前，身银或丁银，就是人头税，男女老少都得交纳。诗里说，县里下了档，被买去做奴仆的人，可以叫家人用黄纸写个赎书，把人赎回来。

在《辞源·修订本》里，说这首诗为宋人陆游所作（见商务印书馆 1983 年 12 月修订版 3011

页,"身丁钱"条),我就糊涂了。颜仁郁是晚唐大和年间人,怎么会是宋代的陆游所作呢?颜仁郁,祖籍河南,在福建泗滨陶瓷场当场长,业余时间喜欢写一些诗。如:"夜半呼儿趁晓耕,羸牛无力渐艰行;时人不识农家苦,将谓田中谷自生。"又如:"夏日炎炎如火钻,野田禾秀半枯干;皇天不雨农家望,何恨龙神不我看!"这些诗与农民生活息息相关,反映农民的疾苦与欢乐,从诗的风格上看,《赞神曲》具有颜诗的特点。

陆游的《剑南诗稿》版本很多,其中一些诗的真伪,争议也多。《四库总目提要》云:"夫游之才情繁富,触手成吟,利钝互陈,诚所不免。故朱彝尊《曝书亭集》有是集跋,摘其自相蹈袭者至一百四十余联。是陈因窠臼,游且不能自免,何况后来。然其托兴深微,遣词雅隽者,全集之内,指不胜屈。安可以选者之误,并集矢于作者哉!今录其全集,庶几知剑南一派自有其真,非浅学者所可借口焉。"这是非常客观的评价。后人(游派)编选"剑南诗稿"时,核实、考证不严,重复和误选,张冠李戴的事就很难免,把唐代颜仁郁的诗误收入《剑南诗稿》就是这样,但这并不奇怪。但《辞源修订本》何以失察于兹?就匪夷所思了。

当然,作为工具书,偶有失察,并不奇怪,卷帙浩繁,爬罗剔抉,偶有手误,并不影响其学问价值,况且订正工作一直在不懈地进行着。而正因为具有学问价值,对书中的某些瑕疵,尤为读者所关注,这些关注,大都出于使辞书更为完善的良好愿望。

最近浏览人民网,看到有人提出一个问题:"每10年修订一次的《辞海》,又将于今年9月面世。新版《辞海》总词条数近13万条,其中新增词条达1万多条,包括'神舟'、3G、电子商务、虚拟局域网、磁浮列车、动车组、鸟巢等等。但在'全民娱乐'的时代,新《辞海》却明确拒绝收录'超女'、'快女'等新潮词汇……"认为新版《辞海》"遗弃""超女"、"快女",是"没有雅量"。

提出一个问题,概念是前提。"全民娱乐时代"我不知道是个什么概念?新版《辞海》如何跟着"娱乐"起来,成为"山寨辞海"?辞书是很严肃的工具书,是贯通古今中外,沟通文化文字的桥梁,本身就已经具有海纳百川的"雅量",难道没有收入"超女"、"快女"、"帅呆"、"酷毙"……这样的不符合语法修辞规范的"新名词",就算没有"雅量"?

一本辞书,体现时代性,并不在于收录多少条时髦词语,每一条词语的选入,都要经过反复审酌、校勘、订正,对具有时代特征,又符合词语语法逻辑的新词语,应该收入,使辞书不断得到丰富,更新。一些随着时代的发展逐渐死亡的词语,予以淘汰,——这些想必应该是有章可循的,是很严肃的工作,不是想弄个什么就弄个什么。在这个意义上讲,就不是"包容"不"包容","通融"不"通融",有不有"雅量"的问题。

辞书的编辑就像园丁,将花园整理完善,使鲜花常年盛开,同时也做一些除草的工作,不然,整个花园就会杂芜不堪,变成没有人光顾的荒地。

这个比喻也许不是很贴切,但有一点是很明确的,口头语言丰富多彩,也不受语法规范的限制,但如果收入辞书,那就有失辞书严肃和权威的"身份"。

正如网友们所说:修订《辞海》是一种严肃的学术行为。而我们众所周知的"超女"、"快女"等词汇,在本质上是一种商业策划与炒作。这种商业策划的实质是在追踪市场的需求,适时推出迎合大众口味的卖点。试想,"超女"、"快女"这些同质化的商业策划与炒作,倘若都被收录进《辞海》里,那么数十年之后当《辞海》再修订时,后人可能毫不客气地从辞海中将其剔除。

其实,这些带着"草根"、"非主流"的头衔的新词语,并不会因为收入到了《辞海》里,就入了大雅之堂,就会被人们认可。价值的多元与文化的多样,是并不相干的两码事,还是借用色诺芬的话:"大黄牛心目中的上帝也只是一头牛。"如果商家想另编一本"全民娱乐时代新词语",那又是另一回事,史学界有正史、野史,辞书出个山寨版,似也无碍,但得做大量的诠释,有些词语,含"金"量很"高",不加以诠释,就不大好懂。

不错,辞书是要有雅量的,但这个"雅"恐怕不是"拒绝接纳和收录'超女'、'快女'等新潮词汇,恐怕并非就想当然地代表了新《辞海》如何的'不媚俗',反而尽显其在接纳某些新词汇时有太过偏颇或狭隘之嫌"然的。如何?

2009 年 11 月 25 日

"名"之思

有人把读名著比作喝咖啡,咖啡品牌多,雀巢、克莱士、麦斯威尔、上岛、拿铁、摩卡……都是响当当,而归结起来,都是一杯咖啡。但是,不同品牌的咖啡,都有自己的 fanss(粉丝),这是因为人们追求不同的口味、意境、情调所致。读书亦然,不同人追求不同爱好,从时间上分唐界宋,从品类上古今中外,从作者卜各仰其名,从内容上各有所喜。散文诗歌,稗官野史,小说逸闻,乃至现代、当代作品,择益而读,择用而读。这种阅读,有如探幽,"入之愈深,其进愈难,而其见愈奇"(王安石《游褒禅山记》)。

年轻时躬逢文革,无书可读,就把旧的外国名著翻出来读,如《欧也妮·葛朗台》、《莎士比亚十四行诗》、《老人与海》、《死魂灵》、《红与黑》……虽是名著，但当时都是些"批判对象"，要躲着读。也有些"国产名著"如《金光大道》、《在田野上前进》之类的"进步书籍"，大抵是描写重大题材的读物。久之，便有一点感想：评价一部作品质量的优劣，是不能以它所描绘的事物大小和重要性来估量的，文学作品往往从小处着手，展现辉煌。再就是读名著也不能一概重名，席勒擅写神化的人物，比之歌德笔下浑身污垢的下层社会人物，艺术描绘上就不免显得容易些，从这点上，不如去读歌德的作品。

比如在无名氏的《天方夜谭》中，所出场的人物都是与阿里巴巴有瓜葛的乞丐、强盗、穷人和穷人的女儿、"老爷"，没有一个官员，只有两个铁笼子作为官方的象征，一个关着强盗，一个关着"老爷"。作者选取的角度很新奇，他站在贫穷人的一边，借穷人的眼光，去看统治者——好人和坏人共同的老爷。每每回忆这些作品，都有深刻的印象，好多年后，情节和人物都难以忘记，清晰如昨，仍像磁石一样吸引着我。又如莫言的《红高粱》，所描写的农民、土地、故事，都不是"重大题材"，但透过这些故事，这些形象，表现了人的命运是如何与社会的命运紧紧联系起来的，那种黄土地上的人与人、人与土地的情结，演绎着一个民族的进化史。

所谓名,也并不是面面俱到,要找准最佳点来读。再就是不要迷信"名气"。《史记》里有句话:"人以颜状为貌者,则貌有衰落矣,惟用荣名为饰,则称誉无极也"。"名著"是相对的,而"名气"也非一成不变,甚至是过眼烟云。写《盐铁论》的古人桓宽,有个很生动的比方:毛嫱天下之娇人,她要靠香泽脂粉而后容,周公天下之至圣人,他要靠贤士学问而后通。"名气"只是一种"气场",要看实际的东西。

三十六年前,英国有一位"著名"儿童文学作家,在他的《蒙面舞会》出版发行前几天,他用纯金铸成一只二十公分长的兔子,并用六块宝石加以装饰,放在一只磁盒中,用蜡封好,在一位证人的陪同下把这只金兔埋在英国的某个地方,然后宣称在他的新书里有这只金兔埋在何处的暗示,只要买来这本书,就有机会获取金兔。一时间,英国到处被挖得坑坑洼洼,最后被四十八岁的肯·托马斯挖到。而这次"活动"使他的书一下子畅销一百多万册。

成就一番事业,并不容易,所谓市场经济,在很多领域,尤其在意识形态、文化传统、人际关系领域,是没有"表率"价值的。不能用商人的思维方式来进行创作和"出名",那样会适得其反。

"李杜文章在,光焰万丈长。"李杜当初也未梦想"提高知名度",并且"惟此两夫子,家居率荒凉。"(韩愈)其"名"之所成,积历史与造化之功,非一日之寒,诚如华山之险,泰山之雄,黄山之奇,峨嵋之秀……任何一部名著,或一位名人,其成名的历程,都是把金钱、功利抛得远远的。纯功利性的写作,还谈得上什么品尝和阅读?

"有怎么样的人,就有怎么样的思想。假如他们生来是庸俗的,奴性的,那么便是天才也会经由他们的灵魂而变得庸俗、奴性;而英雄扭断铁索时的解放的呼声,也等于替以后的几代签下了卖身契。"(罗曼·罗兰《克利斯朵夫》),这话真是值得深长思之。

2015年11月23日

文洁若是一本书

——《澜沧江畔一对菩提树》编后语

当代翻译家、散文家、编审文洁若(1927—),贵州贵阳人。笔名万兰、万南、文静、默宜、曼坚、棣新、素菲、李黎。1950年毕业于清华大学外国语文学系英语专业。先后在三联书店总管理处当校对员,在人民文学出版社从事编辑工作。1979年加入中国作家协会。1982年加入中国翻译家协会。2000年8月获日本外务大臣表彰奖。2002年11月,获日本政府授予的勋四等瑞宝章。

文洁若一生著述甚丰,曾与萧乾先生合译的《尤利西斯》获中华人民共和国新闻出版署颁发的第二届全国优秀外国文学图书奖一等奖。十二月,获第二届国家图书奖提名奖。1998年12月,由中国翻译工作者协会授予资深翻译家荣誉证书。2012年12月获中国翻译文化终身成就奖。

由她翻译、绍介给中国读者的日本文学作品也不少,如:山田歌子的《活下去!》、松本清张的《日本的黑雾》、松本清张的《深层海流》(与文学朴合译)、以及井上靖、小林多喜二……等等的小说、诗歌。并且从英文转译苏联作家的纳吉宾著中篇小说《沙漠》、西莫纳依捷契著《布雪和她的妹妹们》、阿达勉著《她的生活是怎样开始的》……对促进中日文化交流,建树多多。

她1950年毕业于清华大学外国语文学系英语专业。先后在三联书店总管理处当校对员,在人民文学出版社从事编辑工作。1979年加入中国作家协会。1982年加入中国翻译家协会。2000年8月,获日本外务大臣表彰奖。2002年11月,获日本政府授予的勋四等瑞宝章。

1995年3月,与萧乾合译,由译林出版社出版的《尤利西斯》获中华人民共和国新闻出版署颁发的第二届全国优秀外国文学图书奖一等奖。12月,获第二届国家图书奖提名奖。1998年12月,由中国翻译工作者协会授予资深翻译家荣誉证书。2012年12月获中国翻译文化终身成就奖。

自上世纪的五十年代起,文洁若业余翻译并

出版的日本文学作品主要有：

山田歌子的《活下去!》(1956年,作家出版社)。

松本清张的《日本的黑雾》(1980年,外国文学出版社)。

松本清张的《深层海流》(1987年,国际文化出版公司),与文学朴合译。

井上靖的《夜声》(1980年,上海译文出版社)。

小林多喜二的《防雪林》(1982年,山西人民出版社)。

有吉佐和子的短篇小说《地歌》、《黑衣》、《糯米皮》、《青瓷瓶》和散文《红艳艳的西红柿的味道》。

井上靖的《海魂》(1985年,文洁若文学朴译,中国文联出版社)。

《水上勉选集》(1982年,其中收有文洁若译的小说《棺材》、《蟋蟀葫芦》,散文《京都四季》,戏剧《冬天的灵柩——古河力作的生涯》(与柯森耀合译)。

《曾野绫子小说选》(1977年,人民文学出版社)中的《鲱鱼干》、《断崖》、《妙见岛夕景》、《鸡蛋和熏肉的早餐》、《只见河》、《高更》。

曾野绫子的长篇小说《永远长不大的娃娃》(1985年,香港基督教文艺出版社)。

三浦绫子的《绿色棘刺》(1987年,外国文学出版社,与申非合译)。

三浦绫子的长篇小说《十胜山之恋》(1996年,百花文艺出版社)。

中本高子的长篇小说《光枝的初恋》(1991年,国际文化出版公司)。

托尔斯泰的《利奥·托尔斯泰中短篇小说选》(1983年,与萧乾合译,用笔名棣新,香港基督教文艺出版社)。

堺屋太一的《油断》(1976年,人民文学出版社),与高慧勤等人合译。

有岛武郎的《致幼小者》(2004年,用笔名文静,见《日本经典散文》,上海文化出版社)。

《麦秋》,电影剧本,野田高梧、小津安二郎编剧(1983年,中国电影出版社)。

《中学生与学习》(1988年,中国青年出版社)。

《罗生门—芥川龙之介小说集》(2012年,汉日双语版,上海三联书店)。

《高野圣——泉镜花小说选》(2012年,汉日双语版,上海三联书店)。

三岛由纪夫的《春雪·天人五衰》(1990年，中国友谊出版公司)。

《春雪》系列与李芒合译，笔名文静。

池田大作的《理解·友谊·和平——池田大作诗选》(2002年，作家出版社)。

《战斗之歌》(1963年，作家出版社)，苏丹诗人阿赫迈德·穆罕默德·凯尔的诗集。文洁若根据日译本转译了其中二诗：《日本》、《神采奕奕的人们》。

森村诚一著《彩虹梦》(1995年，百花文艺出版社)。

此外，还从事译中的工作。其中，主要的是从英文转译的苏联作家的纳吉宾著中篇小说《沙漠》(1956年，作家出版社)，西莫纳依捷契著《布雪和她的妹妹们》(1957年，人民文学出版社)、苏联作家阿达勉著《她的生活是怎样开始的》，见《苏联作家短篇小说选——一个人的名字》(1958年，人民文学出版社)。与萧乾合译的(爱尔兰)詹姆斯·乔伊斯著《尤利西斯》由以下五家出版社出版：译林出版社(1994年)。台北时报出版公司(1995年)。台北猫头鹰出版有限公司(1999年)，上海三联书店(2009年)，北京文化艺术出版社(2002年)。翻译英国作家爱·摩·福斯特著《莫瑞斯》，先后由文化艺术出版社(2002年),上海译文出版社(2009年)以及台北圆神出版社(2002年)出版,书名改译为《墨利斯的情人》。与萧乾合译《夜幕降临》,由上海少年儿童出版社1998年出版。与萧乾、赵萝蕤合译洛德·包柏漪(Bette Bao Lord)所著《猪年的棒球王》,由北京三联书店1998年出版。翻译了英国女作家玛丽·巴切勒编著的《圣经故事》,(2001年1月,华夏出版社)。

编著的作品有:

(1) 萧乾著、文洁若编《断层扫描》(1998年4月,花城出版社)。

(2) 文洁若著《萧乾与文洁若》(1990年1月,台北天下文化出版公司)。

(3) 文洁若著《梦之谷奇遇》(1992年11月,友谊出版公司)。

(4) 文洁若著《旅人的绿洲》(1995年6月,江苏文艺出版社)。

(5) 文洁若著《文学姻缘》(1997年12月,湖南人民出版社)。

(6) 文洁若著《文洁若散文》(1999年1月,华夏出版社)。

(7) 萧乾著、文洁若编《人生百味》(1999年4月,中国世界语出版社)。

(8) 吴小如、文洁若编《微笑着离去·忆萧乾》(1999年10月,辽海出版社)。

(9) 文洁若著《生机无限》(2003年7月,北京十月文艺出版社)。

(10) 文洁若编《萧乾家书》(2010年1月,东方出版社)。

(11) 萧乾文洁若著《书评·书缘·书话》(2010年7月,浙江大学出版社)。

(12) 文洁若编著《巴金与萧乾》(2012年7月,上海三联书店)。

(13) 文洁若编《北京城杂忆》(2012年10月,北京三联书店)。

(14) 文洁若编《欧战旅英七年——一个中国记者的二次大战自述》(2013年1月,安徽人民出版社)。

(15) 文洁若著《风雨忆故人》(2011年8月,上海三联书店)。

作家、翻译家文洁若著述甚丰,所写的随笔也很多,涉笔亦甚广,包括游记、掌故、人物、写作、翻译、教育、访谈……语言质朴、亲切、生动,读之如面其人,如历其境。她与丈夫萧乾一生琴瑟和鸣,对中国文学和翻译事业作出很多的贡献,名播遐迩。她对萧乾的一往情深,形诸笔端,字字深切,十分感人。她与巴金、冰心、林海音……的情谊，溢于字里行间，感人至深。至于她的学识之深厚，见闻之广博，思想之深邃，更可使人获益良多。这次所编的《澜沧江畔一棵菩提树》是他的新作随笔，相信此书会给读者、尤其是年轻读者带来精神的享受和思想的升华。文洁若编、著的文集不少，有《巴金与萧乾》、《冰心与萧乾》、《我与萧乾》在读者中有很好的反响。《梦之谷奇遇》、《旅人的绿洲》、《文学姻缘》、《文洁若散文》、《生机无限》、《萧乾家书》、《北京城杂忆》、《欧战旅英七年———一个中国记者的二次大战自述》、《风雨忆故人》……深受读者、特别是年轻读者的欢迎。

在文洁若的著述中，随笔所占的比重虽不大，但都是佳篇华章，其构思精妙，涉笔成趣，生发开来，十分精彩，平和出之，似淡实深，可谓浅深聚散，万取一收，如游记、掌故、人物、写作、翻译、教育、访谈……仿佛俯拾即是，质朴、亲切、生动，读之有如食蜜，中边皆甜。司空图在《与李生论诗书》中提出"近而不浮，远而不尽"，《与极浦书》又说，"诗家之景，如蓝田日暖，良玉生烟，可望而不可置于眉睫之前也"，说的是韵外之致的内涵和特征。文洁若的随笔，真正做到了近而不浮，远而不尽，其底蕴之深厚，见闻之广博，思想之深邃，使人读之获益良多。相信此书会给读者、尤其是年轻读者带来精神的享受和思想的升华。

2013年11月16日

苦味的散文

——读刘绪源《解读周作人》

以前读过知堂先生的散文,只是觉得有些味苦,至于他的散文何以味苦,有哪些特别的"配方",就没有细究。也未曾读到别的关于知堂散文的解说和研究的专著,时常为此感到一些遗憾。

最近读到刘绪源先生的《解读周作人》(上海书店出版社 2008 年 6 月版),书里说"周作人极其看重自己作品的'苦涩'的滋味。他自号'苦雨斋',将自己的着译编为'苦雨斋小书',还将散文集题名为《苦茶随笔》、《苦竹杂记》、《苦口甘口》……等等。后又自号'苦茶庵',仍以'苦'字当头。他后期用得最多的是'药堂'这一名号,作为书名的有《药堂杂文》、《药堂语录》和《药味集》;甚至晚年为香港写《知堂回想录》时,一开始也曾定名为《药堂谈往》。'药味',也即是苦涩之味吧。"他分析知堂散文苦涩文风的形成,是因为对时世的失望和哀伤的心绪,个人特殊的历史造成的思想上难以承受的空寂感,再就是历史的"循环模式",以及对人生的细微的观察,深切的感受和深刻的同情。这个认识,是很有见地的,令人获益良多。

然而正是这种苦涩,使知堂先生的文章具有更深沉的情感和意识,不像有些号称"闲适"的散文,常常免不了以插科打诨补充情感和意识的贫乏。知堂觉得,读书可以找到知音,能尝到他文里的苦味,他很高兴,"读后颇感苦闷,鄙人甚感其言。"似乎双眼一眯,诡秘笑道:这就对了!正是这个味儿!你尝到了!

二十年代,周作人和许多年轻人一样,在不断寻找自己的"精神家园",但这是一种痛苦的寻觅。他在给孙伏园的信里说:自己在山中居住,"般若堂里早晚都有和尚做功课,但我觉得并不烦扰,而且于我似乎还有一种清醒的力量。清早和黄昏时候的清澈的磬声,仿佛催促我们无所信仰,无所归依的人,拣定一条道路精进向前。我近来的思想动摇与混乱,可谓已至其极了,托尔斯泰的无我爱与尼采的超人,共产主义与善种学,耶佛孔老的教训与科学的例证,我都一样的喜欢尊重,却又不能调和统一起来,造成一条可以行的大路。我只将这各种思想,凌乱的堆在头里,真是乡间的杂货一料店了。——或者世间本来没有思想上'国道',也未可知,这件事我常常想到,如今听他们做功课,更使我受了刺激,同他们比较起来,好像上海许多有国籍的西商中间,夹着一个'无领事管束'的西人。至于无领事管束,究竟是好是坏,我还想不明白。不知你以为何如?"苦闷,彷徨,而正是这样的深切的感受,使读者感到苦后的清凉。

　　知堂先生的散文,写得很随意,像跑野马,从不囿于一法,也不刻意于技巧,如巴金所言,艺术的最高境界是无技巧。跑野马,跑得好,不出埒外,并非易事。绪源先生认为知堂的写作思路,是崇尚自然,自由表达,并无定法,如水一样,在平地上可以一泻千里,遇到山石便有曲折深浅缓急,随物赋形,随与取舍。正如苏东坡所说,"如行云流水,初无定质。"(《答谢民师书》)可谓汪洋恣肆矣。但活水得从自己胸中流出。遵循这个法则,就能够做到不写同样的文章,不重复老话,常写常新,不落窠臼。

　　刘绪源先生近年对文体的流变,作了深入的研究,他认为知堂是个文体探险家,是敢于拥火以人的先驱。"'庸熟之极不能不趋于变'——这不仅是知堂观测文体变迁的一种视角,而且是他自己文体变化的一个心理因素。正因为有这样一种自觉的文体意识,他才为文学界贡献出了那么多既轰动(至少是'波动')了当时的文坛,又以其深远影响浸润着后来的文学发展的新文体。这些文体的魅力也许是长存的。"

清浅流丽之后,必有奇僻的新文体出现,"竟陵"(明代后期文学流派)取代"公安",白话取代骈文,都是"庸熟之极不能不趋于变"。知堂先生一生也是在不断地努力,改变自己的文体。

我们写东西,往往囿于一格,甚至一条道儿走到黑,没有自我的变化,久之,读者便感到"老三样",味同嚼蜡,这是许多作家与读者不能长相厮守的原因。有进取意志的作家,总是孜孜不倦,不断求变,不断有新的"开发"宣示,赢得更多的眼光。

《解读周作人》是一本好书,与文章、搞创作的人,不妨找来一本读读。既是了解周作人及其文道,也是给自己借一个火把,在探索的路上照明。

2016年12月9日改定

朱大路在路上

——读朱大路《乡音的色彩》

朱大路,男,1947年生,1965年9月进《文汇报》,2007年退休。高级编辑,上海作家协会会员。在《文汇报》"笔会"编杂文20年。著有长篇小说《上海爷叔》、《末路皇孙》、《三教九流》、《梦断上海》,报告文学集《盲流梦》,传记集《上海笑星传奇》。主编《杂文300篇》、《世纪末杂文200篇》、《世纪初杂文200篇》等书。近年所写杂文,被收入各种杂文年选。

朱大路是多产作家,他的《乡音的色彩》,有64篇杂文与随笔,包括"思辨的涟漪"(着重思考与辨析)、"历史的履痕"(回顾历史中得到启示)、"生活的音阶"(从生活中采撷,记录作家的感受和收获)。这些随笔,有对古代史料和近、现代史上的人与事的点点滴滴的开掘,有对生活中各种知识与人情世故的独立的、鞭辟入里的见解。不少感触是来源于亲身经历,使文章具有生活气息和情趣,且真实可信。

作者以其数十年的治学和采访的功力和积累,辨析生活中各种现状与世情,从不同的角度阐发独立见解和评判,包括对世象的观察,分析,思考,总结出哲理性很强的见解,读后深受启发,令人耳目一新。

如《私底下的感觉》,写法含蓄,藏而不露,有如书法的藏锋。倘平直出之,则无这般厚重感。四种"私底下的感觉",看似互不相干的四件事,但作者用一根无形的主线,串了起来,使之形散神不散,这种写法,在先秦诸子文章里常有。

作者说,"书生对天下,常常是有抱负的,但有时,因为与后者脱节,所以显示出不得要领。",二是"书生对天下,常常是投入的,但有时步入'堂奥'后,却不辨菽麦"。三是"书生对大卜,常常是'死脑筋',纯真起来,有点不计后果"。三个不同角度,指出书生对读书与报国,认识上捆绑得太紧。常常脱离实际,不能正确认识自己。说明知识分子认识社会、认识自己,是一个很实际的问题。作者摈弃理论的说教,用生动的实例,形象的语言,上下古今,寥寥数语,诠释这个理论上要用长篇大论说道的话题。

作者论及中西文化的差别时,认为差别是存在的,毋庸置疑,也无法等量齐观,承认这个差别,才不会有阿Q式的"精神胜利"的陶醉。因气候和地理条件的不同,"橘生淮南则为橘,生于淮北则为枳,叶徒相似,其实味不同。"文化也一样,各有自己生存的条件,谁也不曾影响过谁,谁也不能拯救谁,各安其所,各谋其道。

在《人性的"拉锯"》中,点了三位历史人物,陈独秀的天真,曾国藩的圆熟,戈尔巴乔夫的自相矛盾,各自都存在"拉锯"的典型心态。特别是戈氏的"两张皮",使人看到了"人心叵测"。当代改革路上,"拉锯"者不一而足,有陈独秀式的"拉锯",也有曾国藩式的"拉锯",也不乏戈尔巴乔夫式的"拉锯",历史总是重复地"轮回"一些教训,也像"拉锯"一样。诚如文中所说:"形形色色的'拉锯',将人性的细腻,隐秘,丰润,奇崛,声东击西,朝三暮四,挨风缉缝,翻涛鼓浪,都托出来了;也让文学艺术的煽情描写,增加了张力。"

朱大路文如其人,温文尔雅,风骨铮铮。行文娓娓道来,有别于匆匆忙忙的说理,即使是严肃的批判,也能从容不迫,一旦切入主题,就很有力度,好马快刀,切中膏肓,表现出他的含蓄、灵动,真知灼见,读之令人击节。在论述过程中,抒情味与形象性结合得恰到好处。

所谓随笔,即是随感的书写,有说文谈史,也有游历心得,有世象杂谈,也有读书箚记……感物之下,东鳞西爪,或一鳞半爪,形诸笔端,其思深邃,其味隽永,能见笔者功力的深厚。朱大路的随笔大都发表在各地报刊,经过精选,编定73篇,在读者中产生很大影响,既有对美好事物的赞美,也有对形形色色穷斯滥理论的批驳,被读者誉为"大路货",说明他敏锐的眼光,开掘的力度,思辨的深度,已为读者所关注。

2013年8月24日

惊鸿一瞥——一个国家级的命题

——秦颖《貌相集》读后感

秦颖告诉我,他有一本书寄给我,不知是邮路缓慢还是有别的原因,距离一百多里路,等了一个多星期,没有收到。他说不要急,现在的速度就是这样。等了几天,当我初接到邮局送来的书,打开一看,书名很吸引我,叫《貌相集—影像札记及其他》,中国有句谚语:人不可貌相,海水不可斗量。这本《貌相集》书名,颇有另类的味道。但翻开细读,才知袖里乾坤非同一般。

首先我感到,写这本书,工程定是很浩繁的,光是"拜访"这两个字,就已道出其难。他背着一部照相机,风尘仆仆,到北京、上海、南京、成都、太原、长沙……登门拜访王元化、曾彦修、莫言、邵燕祥、萧乾、高莽、杨宪益、黄裳、黄一龙、钟叔河、朱正、舒芜、宗璞、缪哲……等等四十多位支持过《随笔》的当代作家、翻译家、学者,给每位人物拍照,写一篇访问记,一方面要用镜头抓住最能表现他们个性瞬间的神态,另一方面要用笔真实记录下他们的风采谈吐,四十多帧肖像、四十多篇文章、四十多个角度,可谓负笈担簦,踏破铁鞋,我感觉书是沉甸甸的,每一个字都渗透作者的汗水和辛劳。

我常想起现在有两件事普及率飙升,一个是微信,一个就是摄影。而这个普及,又要拜手机所赐。于是一夜之间,人类就出现抬头族和低头族,抬头族高举手机卡卡"秒杀",低头族不停地点发微信。我又觉得多数"发烧友"只是简单截取画面,对摄影的光、影、层次、构图的讲究就谈不上,俨然一个傻瓜相机。尤其捕捉稍纵即逝的"惊鸿一瞥",就往往力不从心。

我读秦颖这本影像集,看到他镜头下的这些饱学之士,原本平凡如里闾,静默如处士,各有各的性情、情绪和生态,有的清癯,有的富态,有的庄重,有的漫不经心,有的像孩子般盯住镜头,眼睛明亮,大而有神,有的面对镜头有点拘束,甚至紧张,不知所适……但共同的一点,透过眼神,有智慧之光在闪烁,面对这组群像,你会感到这是一群不凡的人,善于思索的人,智慧和思想在燃烧的人!秦颖的那一按,不知经过多少观察,多少琢磨!才捕捉到瞬间的诗意,跃动的情绪与力!

那影像后的四十多篇文章,像一幅幅速写,用纯熟的笔调,寥寥数笔,就把这一群智慧之星的身世、经历、谈吐、见解、与社会的联系种种,勾勒得惟妙惟肖。牛汉的直率,朱正的宽厚、慈爱、笑看人生,朱泽厚的谨慎,朱健的热情奔放、有真情、气宇轩昂,严秀的执著、耿直、较真、严谨,缪哲的大度、江湖气,邵燕祥的严肃、敦厚、平和、正直……松竹兰菊,各怀高格。

读完这本书,使我认识了四十多位贤人、圣哲,如见其人,如闻其声,如会其神。正如秦颖自己所说:"无论是一面之缘,还是几十年的知交或忘年交,都是有意义的记录。"他还在信中说:"此次集中写作(人物),在我是我未曾有过的经历,也是一个提高、提升的过程。体会到何为表达的欲望,何为写作的快感,以及以文会友的愉悦。"写人物素描,其实比画素描更难,如何写,写的时候,有些程序化的东西,如何突破,是比较犯难的。他说,写钟叔河一篇的时候,大致有了一定的突破。对他性格的如实描写,对他对出版贡献的归纳总结,有了突破。钟叔河打电话引述友人评价说:文章好在不是一味说好话。当然也并非畅言无忌,有些话是以正面的叙述表达出来,把想说的意思埋在了里面。读完这本书,我也才悟出:人可貌相,海水也可斗量,就看作者如何去研究、发掘。

功夫做足了,一芥子可以见大千。品读秦颖这本《貌相集—影像札记及其他》可以得到很多很有人文价值的信息。这本书,与其说是人物谱,毋宁视作一个国家级命题。

2017 年 1 月 6 日

"私小说"

所谓"私小说",即"身边小说","实验小说","个人小说",亦即"自然主义小说"。在中国,十九世纪三十年代以前,许多作家受自然主义创作思想的影响,写过很有社会影响的作品,如郭沫若、巴金,张资平等,以张资平最有代表性。

什么是自然主义小说?质言之,就是写自己身边的事情,不带个人情绪和感情,如实记录生活,表现生活。经过近代科学的洗礼,其描写手法,题材,以及思想,都和近代科学有关系——佐拉的巨著《鲁孔·玛加尔》就是描写鲁孔·玛加尔一家的遗传,是以进化论为目的。莫泊桑的《一生》,则于写遗传而外又描写环境支配个人。意大利自然派的女小说家塞拉哇的《病的心》则是解剖意志薄弱的妇人的心理的。进化论,心理学，社会问题，道德问题，男女问题……都是自然派写作的题材。一九〇七年，田山花袋模仿霍普特曼的《寂寞的人们》创作了《棉被》，于是开启了自然主义"私小说"的道路。私小说一下子在文坛流行。佐藤春夫和志贺直哉则是私小说写作的翘楚，对张资平、郁达夫等人影响至深。就是鲁迅、郭沫若、巴金都受过自然主义创作思想的影响。

自然派作家大都研究过进化论和社会问题。茅盾对中国现代文学状况的批评以及对自然主义的评价，是切中肯綮的。茅盾说："科学的精神重在求真，文艺亦以求真为唯一的目的。自然主义作家应立足于科学的求真精神。""自然主义的真精神是科学的描写法。见什么写什么，不想在丑恶的东西上面加套子，这是他们共通的精神。"

茅盾还说："……中国旧派小说家作小说的动机不是发牢骚，就是风流自赏。恋爱是人间何等样的神圣事，然而一到'风流自赏'的文士的笔下，便满纸是轻薄口吻，肉麻态度，成了'诲淫'的东西；言社会言政治又是何等样的正经事，然而一到'发牢骚'的'墨客'的笔下，便成了攻讦隐私，借文字以报私怨的东西。"（沈雁冰《自然主义与中国现代小说，引自郑振铎《中国新文学大系·文学论争

集》,1935年上海良友图书公司出版)

自然主义小说究竟有哪些特点?

一、对所描写的人和事采取无动于衷的态度。如左拉所说的:"我看见什么,我说出来,我一句一句地记下来,仅限于此;道德教训,我留给道德家去做。"(《书简》)

二、按照左拉的说法,正如科学实验者是自然的审问官,实验小说家是"人和人的情欲的审问官"。

三、自然主义者在人身上只看到感觉和本能。他们既然认为是生物学规律决定人的心理、性格、情欲和行为,便在作品中着重探索人物生理上的奥秘,阐明它对人物的影响。左拉指出,自然主义作家"继续进行着生理学家和医生的业务"。

四、自然主义者反对对普遍的现实生活进行典型的概括,而主张仅仅"让真实的人物在真实的环境里活动,给读者一个人类生活的片断"。在人物塑造方面,左拉指责现实主义者笔下的英雄人物是夸张的产物,是一种浪漫主义的表现,他提倡写平庸的人,写小人物,甚至宣称"小说家如果只接受共同生存的日常生活,那他就注定了非杀掉他的英雄人物不可"。在故事情节方面,左拉认为"故事愈是平常而普通,愈是具有典型性"。

对此,茅盾也认为:"科学的精神重在求真,文艺亦以求真为唯一的目的。自然主义作家应立足于科学的求真精神。""自然主义的真精神是科学的描写法。见什么写什么,不想在丑恶的东西上面加套子,这是他们共通的精神。"(同上)

自然主义文学思潮在日本曾刮起过旋风,就像章士钊们的甲寅派反对新文化运动的《老虎》周报在日本风行一阵子一样,当然远不如自然主义文学思潮影响深远,这就说明新生的东西,有其坚强的生命力。

张资平的小说《约檀河之水》、《冲积期化石》、《梅岭之春》等等,就是自然主义私小说的范儿,语言自然,质朴,清丽,生动地反映了生活,人物刻画,心理描写,都崇尚自然再现。至于对情、爱、性的描写,他不会加入个人的情绪和情感,在这一点上,他比旧派小说作者的写作态度严肃许多。情欲的描写,只是为了如实揭示生活,让人们从深层了解人物的命运。《梅岭之春》就是这样一部小说,在这部小说中,应该说,比之当代一些性描写的东西米,他笔调是含蓄保守的,态度也是严肃的,而且作为当时自然派的代表作,体现了"直""实"精神,即使对性的描写,也持严肃求实的态度,不规避,也不添加丝毫个人的情绪和情感。这种自然主义创作思想,在揭露封建礼教对追求婚姻恋爱自由的青年的残害和戕杀,具有真实和批判的力量。

他的小说里没有刻意的人物拔高,写的是身边普普通通的大众,所发生的故事也是来自大众生活的见闻,一点也不矫饰做作。既没有好得通体发光的人,也没有坏得通体流脓的人,这就是真实的再现,也是自然主义表现手法的精髓。

在中国,自然主义文学作品,还能偶或看到,但已经不多,甚至在各种文学思潮起伏中时浮时沉,作为一种文学思想,一种创作理论,我的认识是,作一些研究探讨,确定一下方位,给一个客观的评价,大抵不无意义。

2012 年 10 月 20 日

哑口而雄辩的沉思

——写在《黄药眠评传》出版之时

二〇〇三年在深圳的一个杂文联谊会上,与谭元亨重逢,一晃已是十几个年头了。记得那次会见,除了互道别后情景之外,他忽然交给我一个"重要任务":写一个广东人的评传,这个广东人就是黄药眠。他提起黄药眠,我并不陌生,诗人、作家、"六教授"之一。我沉吟了一下,答应试试。

我认识谭元亨,是上世纪七十年代,湖南广播电视厅组织一次写作活动,由省电台女才子严冰带队,我和元亨都参加了,就住在益阳军分区招待所,各自构思自己的作品。他沉思时物我两忘的样子,给我留下了深刻的印象。自那以后二十多年没有联系,也不知道他去了哪里。直至我调到深圳工作,才听说他的下落,先是在广州师范大学当教授，后又调到华南理工大学任教，并任客家文化研究所所长。

他要我写黄药眠评传，因为黄药眠是客家人，是在他视线之内的人物，理所当然；但他为什么自己不写呢？后来我才知道，他和药公命运相同，"文革"中受的打击，丝毫不亚于药公，大概物伤其类吧，写起来须得克服心理上的许多痛苦的反应，而这种伤痛，很多年都难以抚平的。我理解他的难处，答应试试，并着手收集有关药公的资料，从二〇〇四年开始蒐集材料编写，二〇〇七年脱稿。二〇〇八年先在美国出版（书名为《哑口而雄辩的沉思》），二〇〇九年在纽约第二次印刷，成为美国国会图书馆亚洲部的藏书。华南理大这个版本，实际上是个增订版，也是"国内版"。

黄药眠著述甚丰，社会活动也很活跃，结交很广，认识很多名人；从共产国际总部到创造社，从解放区到敌后根据地，从沦陷区到上海孤岛，从香港达德学院到北师大，从南京军人监狱到延安……要收集到他的历史资料，哪怕是千分之一，也是很不容易的。他的少年时期是在梅县度过的，因为参加革命，很早离开家乡，有关他的情况，只能从老人的回忆里去淘。

此书初稿曾得到诗人彭燕郊先生的指导，他

在给我的信中说：

> 大著《黄药眠评传》给我带来惊喜，黄老是我的师辈，当年在桂林，才开始学写诗的我就得到他的教导和鼓励，建国初期在北京，居处相近，常聆到他的亲切教诲，近年不自量力，试写过一些前辈的回忆，计划中也拟写黄老，但蹉跎至今迄未敢轻率下笔，得读先生力作，获益良多，在此首先向你致敬，致谢！

很感谢彭燕郊的鼓励和指导，他认为评传应该是信史，在年序方面、引据方面，应当注重考证，从哪一年到哪一年，有哪些活动，哪些创作，要条分缕析，逻辑严密。在修订过程中，根据彭燕郊先生的意见，在黄药眠的作品评述以及文学活动方面作了重要的补正。并在章节、年序上作了必要的补充。

十分遗憾，彭燕郊先生忽于二〇〇八年三月三十一日因病在长沙逝世，他已不能看到此书的出版，我感到十分难过和怅憾。曾作五古一首以挽燕郊公：

> 彭公不识愁，诗情永不休。七月花灼灼，

风流炳千秋。文不与俗伍,做人有骨头。如公品高洁,吾生愧不犹。倏忽挥手去,一别何悠悠。哲人其萎矣,樑坏山石流。北望湘中地,丁冬泪难收。

罗曼·罗兰说:

"在这悲剧的历史终了,我感到为一项思虑所苦。我自问,在想给予一般痛苦的人以若干支撑他们的痛苦的同伴时,我会不会只把这些人的痛苦加给那些人。因此,我是否应当,如多少别人所做的那样,只显露英雄的英雄成分,而把他们的悲苦的深渊蒙上一层帷幕?

——然而不!这是真理啊!我并不许诺我的朋友们以谎骗换得的幸福,以一切代价去挣得的幸福。我许诺他们的是真理,——不管它须以幸福去换来,——是雕成永恒的灵魂的壮美的真理。它的气息是苦涩的,可是纯洁的:把我们贫血的心在其中熏沐一会吧。

伟大的心魂有如崇山峻岭,风雨吹荡它,云翳包围它;但人们在那里呼吸时,比别处更自由更有力。纯洁的大气可以洗涤心灵的秽浊；而当云翳破散的时候，它威临着人类了。

是这样地这座崇高的山峰，矗立在文艺复兴期的意大利，从远处我们望见它的峻险的侧影，在无垠的晴天中消失。

我不说普通的人类都能在高峰上生存。但一年一度他们应上去顶礼。在那里，他们可以变换一下肺中的呼吸，与脉管中的血流。在那里，他们将感到更迫近永恒。以后，他们再回到人生的广原，心中充满了日常战斗的勇气。"

诚哉斯言！我所崇敬的罗曼·罗兰，他说得多么好啊！

是的，我不想将黄药眠的一生遭遇的痛苦强加给朋友们，我也不想"只显露英雄的英雄成分，而把他们悲苦的深渊蒙上一层帷幕"，作为作者的承诺，我不给朋友以谎言骗得的幸福，而是给他们以真理，尽管这真理的气息是苦涩的，可它是纯洁的，是可以信赖的。诗人黄药眠沉思了，他的一生是雄辩的，尽管有许多的磨难和悲苦，但他含着微笑，永远地、默默地以微笑示人。

莎士比亚说："请留意我哑口而雄辩的沉思。"

本书在编写过程中,曾得到邵燕祥先生、岑桑教授、新华社已故老前辈姚平方先生、北师大黄大地先生帮助,在此一并致谢。

2011 年 7 月 15 日

跋

这本《听涛文稿》,是多年以来读书零星写的一些文字,选其大略,裒然成卷,非敢混迹著林,亦非藉以求知于人,但记此心之得失耳。

此书包括说文谈史的"亦文亦史"、随笔短章的"忽庄忽谐"以及读书、评书的"如切如磋"三个部分。对时隔已久的旧文,作了修订和增删,甚至较多补充。仍恐错讹难免,恳请读者不吝指疵。此书出版,得到上海三联书店、深圳新闻学会的支持,感铭不已。

虽见书未广,容有遥合者,博学深思之士,敬希教之诲之,则幸甚。

二〇一七年六月杪

图书在版编目(CIP)数据

听涛文稿/刘克定著. —上海:上海三联书店,2017.
ISBN 978-7-5426-5943-9

Ⅰ.①听… Ⅱ.①刘… Ⅲ.①读后感—作品集—中国—当代 Ⅳ.①I267

中国版本图书馆 CIP 数据核字(2017)第 139103 号

听涛文稿

著　　者　刘克定

责任编辑　钱震华
装帧设计　陈益平

出版发行　上海三联书店
　　　　　(201199)中国上海市都市路 4855 号
　　　　　http://www.sjpc1932.com
　　　　　E-mail:shsanlian@yahoo.com.cn
印　　刷　上海昌鑫龙印务有限公司

版　　次　2017 年 7 月第 1 版
印　　次　2017 年 7 月第 1 次印刷
开　　本　787×1092　1/32
字　　数　160 千字
印　　张　9.5
书　　号　ISBN 978-7-5426-5943-9/I·1245
定　　价　48.00 元